# párocos e mestres

um romance de

---

**ivy compton-burnett**

tradução: vilma arêas e marcelo f. lotufo

**Dados Internacionais de Catalogação na Publicação (CIP) de acordo com ISBD**

C738p Compton-Burnett, Ivy

Párocos e mestres / Ivy Compton-Burnett ; traduzido por Vilma Arêas, Marcelo Lotufo. - São Paulo : Edições Jabuticaba, 2023.
188 p. ; 11cm x 18cm.

Tradução de: Pastors and masters
Inclui índice.
ISBN: 978-65-00-65289-5

1. Literatura inglesa. 2. Romance. I. Arêas, Vilma. II. Lotufo, Marcelo. II. Título.

2023-662 CDD 823
CDU 821.111-31

**Elaborado por Vagner Rodolfo da Silva - CRB-8/9410**

**Índice para catálogo sistemático:**

1. Literatura inglesa : Romance 823
2. Literatura inglesa : Romance 821.111-31



Revisão: Rodrigo A. do Nascimento e Cláudia T. Alves
Design do miolo: Marcelo F. Lotufo
Design da capa: Marcelo F. Lotufo e Bruna Kim
Imagem da capa: Tea Cup, 1936, aquarela por J. Howard Iams

9786500652895

Edições Jabuticaba
www.ediçõesjabuticaba.com.br
www.facebook.com.br/Edjabuticaba
Instagram: @livrosjabuticaba

# SUMÁRIO

# algumas palavras sobre Ivy Compton-Burnett

É provável que Ivy Compton-Burnett (1884-1969), escritora inglesa da geração de Virginia Woolf, James Joyce e D. H. Lawrence, nunca tenha sido lida e traduzida no Brasil. Felizmente ganhamos agora a oportunidade que nos oferece a Edições Jabuticaba, com a tradução e a publicação de *Párocos e mestres* (*Pastors and Masters*).

Com o passar do tempo, o apagamento de nomes e obras literárias não é raro, mas não deixa de surpreender que Compton-Burnett também tenha sido atingida por tal esquecimento. Autora de 20 livros, prezada por escritores e críticos, foi às vezes julgada maior que Virginia Woolf, sendo eleita em 1967 "Companion" da "Royal Society of Literature".

A própria Woolf anotou em 2 de abril de 1937 em seu *Diário,* com certo desgosto, que o crítico Edwin Muir considerava o seu livro *The Years* inferior "à amarga verdade, à intensa originalidade de uma Ivy Compton-Burnett"[1].

Nesta mesma linha, vale a pena ler Natalia Ginzburg sobre Compton-Burnett. A escritora

---

[1] Viviane Forrester, *Virginia Woolf: El Vicio Absurdo.* Trad. Victor Pozanco e Emilio Teixidor. Madrid, Ultramar Editores, 1978, p. 112.

italiana lamentou não ter conhecido a escritora inglesa em vida e comentou os textos "áridos e geniais" de Compton-Burnett, nos quais natureza e lugares são invisíveis, pois ela "não perde tempo com descrições". Mesmo assim, para Ginzburg, os sentimos ao nosso redor "como se ela os tivesse pintado em uma tela". Em tal cenário, enredos se desenrolam "onde amores incestuosos são secretamente consumados, bebês são assassinados e testamentos, destruídos; todavia, jamais um grito rompe a quietude, jamais uma gota de sangue aparece nas paredes"[2].

O que julgamos mais importante na estrutura dos livros de Compton-Burnett, entretanto, repousa no silêncio. Isto é, nem tudo é dito, nada é o que parece à primeira vista, tudo é subtexto. Sendo assim, nada pode ser considerado simples. Alguns críticos perceberam que os temas fundamentais da sua obra se movem entre correntes subterrâneas de emoções, ocultas sob a superfície supostamente calma da sociedade vitoriana. A habilidade rara de Compton-Burnett na composição de diálogos e o tom certo na captura de cenas domésticas são trabalhados de maneira concisa e lacônica, como se o ideal da escritora fosse o alcance da pura verdade, além da literatura.

---

[2] Natalia Ginzburg, "A grande Senhorinha", em *Não me perguntes jamais*. Trad. Julia Scamparini. Belo-Horizonte, Âyné, 2022, p. 113.

A vida de Compton-Burnett também não foi simples, para dizer o mínimo. Os pais morreram relativamente cedo, assim como quatro de seus doze irmãos, dos quais duas se suicidaram num dia de Natal, e um morreu lutando na Primeira Guerra. Em 1918 a própria Ivy contraiu influenza, ficando durante um mês à beira da morte. Podemos dizer que sua vida se estabilizou a partir do encontro com Margaret Jourdain, especialista famosa em artes decorativas e móveis antigos, passando a viver juntas a partir de 1919. Embora já houvesse escrito um primeiro romance, foi então que a escritora passou a produzir com maior frequência, e estabeleceu este livro de 1925, *Párocos e mestres,* como o verdadeiro início de sua carreira. O semanário *The New Statesman*, que cobria a literatura do período de forma sistemática, considerou o livro "um trabalho de gênio".

Mas, em se tratando de Ivy Compton--Burnet, todos os caminhos aparentemente se bifurcam, antes de se encontrarem. Num texto em que discorre sobre a sua vida e obra, afirma que tudo havia sido tão monótono que quase não havia informações a dar. Criada no campo com pais e irmãos, formou-se em Estudos Clássicos no Holloway College, da Universidade de Londres; viveu com a família enquanto jovem e mais tarde num apartamento próprio, na capital inglesa. Tinha muitos e bons amigos, nem todos escritores. E que não havia realmente nada mais a dizer.

Não é verdade que essa curta autoexplicação da sua vida também se espelha no entendimento que ela nos passa de uma obra lacônica, cercada de subtextos, meias palavras e algumas sugestões irônicas de melodrama? Será que muitos leitores, uma vez terminada a leitura, não concordariam com a afirmação de que não havia nada mais a dizer? De que talvez aquilo que realmente importa contar já está dito na relutância e dificuldade em fazê-lo?

*Párocos e mestres* ocupa um lugar particular na obra de Compton-Burnett. É com este romance que a autora encontra a forma que irá utilizar nos seus livros subsequentes, com longos diálogos e pouca ou nenhuma descrição. Diferente de outros livros da autora, entretanto, sua construção tem algo de prismática, centrada em diversos personagens e ambientes, e se passa não no período vitoriano, mas no início do século XX. A trama se constrói através de diferentes histórias, todas de alguma forma relacionadas a uma escola para meninos fundada pelo pedante Sr. Herrick.

Assim, ao longo do livro, encontramos espalhados, e algo diluídos pela rotina e pelo decoro, conflitos entre irmãos, confrontos geracionais, traição entre amigos, famílias que se esfacelam, empregados e patrões que não se suportam, discussões sobre o sufrágio feminino, e uma educação falida e sem sentido. Desses tantos enredos, contudo, emerge um argumento geral sobre a dinâmica múltipla da vida e da própria história, construída, quase sempre, por desejos mesquinhos e não por grandes questões. Compton-Burnett, como seus contemporâneos mais conhecidos, entendia que ambições particulares e egoístas tendem a se sobrepor no dia a dia às grandes narrativas.

Dos sete capítulos do livro, cinco se passam na própria escola e dois acompanham famílias de párocos em suas respectivas propriedades. Perpassam os diálogos algumas linhas que costuram o livro. Há a tradicional festa de fim de ano da escola, aguardada por todos. Há, também, o desejo de algumas personagens em escrever, e os livros que Herrick e Bumpus teriam escrito e que pretendem apresentar a seus amigos. Há a preocupação com o dinheiro, exacerbada por uma elite decadente que não quer trabalhar; uma preocupação que ocupa patrões e empregados, professores e párocos, moldando as ações do romance. Os seis capítulos iniciais do livro são coroados com um jantar, no qual todas as personagens se encontram, e no qual valem o chiste, a anedota literária e tudo aquilo que puder ocultar as verdadeiras preocupações das personagens. Os silêncios revelam tanto ou mais do que as confissões.

Por fim, podemos organizar as personagens de *Párocos e mestres* em quatro grupos, marcados por suas relações mais próximas, mas também pela relação de classe e pelos interesses que estabelecem entre si. Há, em um primeiro plano,

Nicholas Herrick e sua irmã Emily Herrick, que são os donos da escola. Junto deles, podemos agrupar Richard Bumpus (também referido como Dickie) e William Masson, amigos antigos de Herrick, e professores na universidade ao lado da qual está o colégio. Em um segundo grupo, temos Charles e Emily Merry, o diretor da escola e sua esposa. São eles quem verdadeiramente trabalham e cuidam do dia a dia da instituição, mesmo não tendo nenhum dos dois a formação necessária para dirigir o estabelecimento e dar aulas. O jovem Sr. Burgess e a Srta. Basden, os dois principais professores do colégio, ajudam o casal de diretores com os alunos.

Além desses dois núcleos principais, temos as famílias Fletcher e Bentley, no entorno das quais girarão respectivamente os capítulos 3 e 5. O Reverendo Peter Fletcher é primo de Bumpus, e vive com sua esposa, Theresa, amiga antiga da Srta. Herrick. Completam o primeiro grupo Lydia Fletcher, que é irmã do Sr. Fletcher, e Francis, que é seu sobrinho e também é pastor. Já a família Bentley é composta pelo reverendo Henry Bentley, sua filha do primeiro casamento, Delia Bentley, e seus dois filhos do segundo casamento, Harry e John, que estudam na escola de Herrick. O Sr. Bentley está viúvo pela segunda vez. É uma gafe de Merry para com o Sr. Bentley que levará Nicholas e Emily Herrick a convidarem todos para um jantar no capítulo final do livro, em uma tentativa de remediar a impressão ruim que o pai de dois de seus alunos pode ter tido da escola.

Esses adultos inadequados mantêm os alunos, pessimamente tratados, em permanente estado de ansiedade, o que faz Natalia Ginzburg observar, no mesmo texto já citado, que as personagens de *Párocos e mestres* usam a linguagem "trocando palavras que se assemelhavam a picadas de serpentes." Isto é, os diálogos entre elas são golpes sorrateiros, embrulhados em veneno, ou humor ácido, que só podem ser realmente entendidos pelas suas entrelinhas.

Formalmente os textos de Compton-Burnett abandonam as técnicas usuais da ficção, aproximando-se do texto teatral. Esta escolha problematizou sua inclusão no cânone modernista, pois a crítica teve dificuldades em perceber o que havia de inovador em sua escrita, sempre apoiada no paradoxo e no não dito. Esta solução inesperada chegou mesmo a criar, para alguns, a impossibilidade de leitura dando a ela a pecha de hermética. É surpreendente, assim, que a originalidade de Ivy Compton-Burnett tenha escapado à própria Woolf, que a descreveu como uma pessoa "descolorida", assim como a sua obra. Em meio à competição, a personalidade resguardada de Compton-Burnett, avessa aos excessos flamboyants do círculo de Bloomsbury, não colaborou para sua divulgação junto da literatura modernista inglesa.

Inquirida sobre a estrutura dupla dos seus textos – entre a ficção e o teatro –, a escritora afirmou que eles realmente se localizavam em um entre-lugar, sem ser inteiramente uma coisa ou outra, ainda que ela insistisse em chamá-los de romance. Se os diálogos podem ser tomados como teatrais, o caráter íntimo e a forma longa e elaborada de suas construções parecem apontar para a ficção. Não por acaso existem no livro observações veladas sobre literatura, obedecendo assim aos dispositivos e questionamentos estruturais do texto. A resposta de Compton-Burnett é paradoxal, mas nos leva a concluir que a autora, ainda que de forma inesperada, participa conscientemente das experimentações literárias de seu tempo e merece maior atenção do leitor e da crítica brasileiros.

Vilma Arêas

Marcelo F. Lotufo

# párocos e mestres

# 1

- Ah, isso é que é bom. Muito bom ser professor de uma escola! De pé às 7 horas da manhã e com a lareira quase apagada no quarto... eu imaginaria que pelo menos um entre quarenta garotos teria a ideia de alimentá-la... e trabalhando duro antes mesmo que os outros percebam que já é hora de pular da cama! Ei, você que está aí, não amontoe carvão demais para não acabar com o lucro diário da escola. Tenho que conferir estas coisas todo santo dia! Isso me humilha todas as manhãs de minha vida! E me deprime quando desço para um dia de trabalho honesto, eu, um homem de meia-idade batalhando para sustentar a sua família! Fico admirado ao ver pessoas com tanta falta de amor-próprio. Fico mesmo. Prefiro que um garoto chegue bem atrasado do que se esgueire meio vestido e meio dormindo, fingindo ser pontual. Isso não é coisa de cavalheiros.

O Sr. Merry, um homem alto e magro perto dos cinquenta anos, apoiou-se no espaldar da cadeira e fixou nos alunos seus olhinhos pálidos e penetrantes, que mesmo assim conseguiam comunicar uma simpática bondade. O que sentia por eles, afeição, repugnância, orgulho e desespero, parecia atingir cada um em pleno rosto.

- Sim, estou cansado, farto desse tipo de coisa. Vou falar com toda a franqueza. E sentem-se em seus lugares sem algazarra, por favor. Oh, quem gostaria de ser diretor de escola? Eu não estaria cumprindo o meu dever se não prevenisse todos vocês. E será que é uma coisa legal sentir o vento leste soprando sempre pela mesma janela em quarenta pessoas, trinta e nove delas meninos em crescimento, e antes do café, numa manhã de março? E... um, dois, três, quatro, cinco, seis, sete... é preciso onze garotos para fechar uma janela, não é verdade? Será que não posso fazer nenhuma observação sem que vocês se mexam sem parar e bocejem como um bando de patetas, em vez de se portarem como cavalheiros? Voltem às suas tarefas imediatamente e não levantem a cabeça antes do gongo.

O Sr. Merry fez um gesto de aquiescência desesperada quando os meninos obedeceram às suas ordens por conta própria, antes que terminasse. Ele os seguiu até o refeitório no subsolo.

A Sra. Merry, uma mulher de cabelos lisos, suave, com uma expressão sofrida, estava de pé ao lado de uma mesa comprida, servindo chá. Suas quatro filhinhas se sentavam junto dela. Uma mulher taciturna e magra de quarenta anos, professora de música e de francês, cortava o pão.

- Olá, Mãe - disse o Sr. Merry, numa voz de marido terno e homem fiel.

- Olá, querido - disse a Sra. Merry, sem levantar os olhos.

- Olá, Srta. Basden - disse o Sr. Merry com uma cortesia meio exagerada para com uma subordinada.

- Bom dia, Sr. Merry - disse a Srta. Basden, num tom em que igualdade, respeito e envolvimento no trabalho estavam significativamente entrelaçados.

- Agora, olhem aqui - disse o Sr. Merry. Nunca vi uma turma de garotos tão sem educação. Saiam de novo, todos vocês, e voltem como cavalheiros que encontram uma dama logo pela manhã.

A retirada da sala foi seguida por um coro de "Bom dia, Sra. Merry".

- Bom dia, meninos - disse a Sra. Merry.

- Vocês já encontraram a Srta. Basden hoje? - perguntou o Sr. Merry olhando friamente ao redor.

- Bom dia, Srta. Basden.

- Bom dia, meninos - disse a Srta. Basden, num tom casual, ainda cortando o pão.

- Hillman! - disse o Sr. Merry. Quantas vezes tenho de repetir que não é permitido se sentar antes das orações? Por favor, não exponha a todos nós as suas qualidades.

Hillman se pôs de pé imediatamente.

- Por estas e todas as outras bênçãos, que nos sejam dados corações agradecidos - disse o Sr. Merry, passando os olhos ao redor.

- Johnson, estou enojado! Estou mais do que enojado. Não posso dizer o que penso de você diante de senhoras. Espero jamais ter um garoto em minha escola que não saiba se controlar por um instante a fim de prestar atenção às coisas sagradas. O que de tão importante, por favor, você tinha para dizer que não pudesse esperar por um segundo?

Johnson, que observara que era melhor pedir corações agradecidos por tamanhas graças, calou-se.

- Agora - disse o Sr. Merry, preparando-se de novo para curvar a cabeça - vou dizer as graças outra vez e espero que nada assim humilhante se repita. Não vou falar mais nisso, Johnson.

A Sra. Merry e a Srta. Basden curvaram suas cabeças um pouco mais baixo do que antes, embora dificilmente se pudesse achar que o gesto tivesse sido inadequado.

- Não aguento garotos mal-humorados - disse o Sr. Merry, lançando um olhar de repugnância a Johnson.

- Você vai querer chá ou café, querido? - perguntou a Sra. Merry.

- Oh, tanto faz, tanto faz, qualquer coisa está boa para mim.

- Eu sempre planejo para que você possa escolher, querido.

- Sim, Mãe, sim. Você toma conta de mim direitinho. Você passa a vida tomando conta dos outros, é uma pena - o Sr. Merry olhou para os meninos com um ar de quem censura a ingratidão.

- É mesmo, passei muito tempo da minha vida tomando conta. Quase não fiz outra coisa.

- Bem, Sra. Merry, devemos começar a tomar conta da senhora - disse a Srta. Basden colocando a bandeja de torrada perto da Sra. Merry.

- Como passou a noite, dormiu bem, Srta. Basden? - perguntou o Sr. Merry parecendo extremamente interessado.

- Sra. Merry - disse a Srta. Basden, num tom bastante monótono - os meninos estão reclamando que a geleia está muito aguada. Já expliquei a eles que não se usa água em geleias, que geleias não contêm água, por isso não entendo como isso seria possível.

- Também não sei como seria possível, mas claro que desejo saber se as coisas estão apropriadas. Deixe-me provar a geleia, sim?

A Srta. Basden ofereceu-lhe uma colherada do pote.

- Para mim ela está ótima. Talvez eu não saiba julgar geleias. Não gosto de comer geleia em um pão com manteiga. Uma coisa ou outra é suficiente para mim. Mas acho que a geleia está bem saborosa.

- Mãe, não coloque água nas compotas dos meninos - disse o Sr. Merry balançando a cabeça para cima e para baixo. Não tente fazer as coisas serem mais complicadas do que devem ser, sim? É gastar muita vela com pouco defunto.

- Não compreendo, querido. Nunca há qualquer excesso de água nas compotas. Elas não dariam certo se tivessem água. Não haveria nenhum propósito nisso. E seria menos econômico, em vez de mais.

- Bem, Mãe. Não sei nada sobre esse negócio de cozinha. Se a geleia não está boa, vamos fazê-la melhor da próxima vez. Esta é a minha opinião.

- Acho que você não sabe o que diz, querido.

- Não, Mãe, não, acho que não.

- Assuntos de casa não são sua seara, Sr. Merry - disse a Srta. Basden. Se o senhor não tiver cuidado, vai acabar nos levando a dizer como se deve ensinar latim.

- Ah, Srta. Basden, sua atrevida! Nenhuma confusão por aqui! Nenhuma confusão. Está me ouvindo? Fique quieta ou saia, e deixe o lugar para gente civilizada.

O Sr. Merry olhou intensamente para a outra ponta da mesa, que prometia barulho.

- O Sr. Burgess não vai dar o ar da sua graça hoje no café da manhã? - perguntou a Srta. Basden.

- Talvez Fanny não o tenha chamado - disse a Sra. Merry.

- Sim, ela o chamou - disse a Srta. Basden.

- Ah, ele adora se levantar tarde, esse Sr. Burgess. É louco pela cama - disse o Sr. Merry, enquanto os meninos encontravam nessas palavras uma oportunidade para cotoveladas e risinhos.

- Nunca pude entender como se pode ficar na cama à luz do dia - disse a Srta. Basden.

- Seria bom que se permitisse um pouco mais de descanso, Srta. Basden - disse o Sr. Merry. Sempre digo que a senhorita se dedica demais a outras coisas. Seria bom que se permitisse um pouco mais de descanso.

- Oh, este tipo de conselho não me diz muito, Sr. Merry - disse a Srta. Basden, cortando pão outra vez.

- Vocês dão à pobre Srta. Basden muito trabalho - disse o Sr. Merry, olhando as filas de meninos, com uma vaga desaprovação.

-Vocês têm de se apressar, todos vocês. O Sr. Herrick está prestes a chegar para ler as preces - disse a Sra. Merry.

- Mãe, o bacon do Sr. Burgess não deveria ser mantido quente? - perguntou o Sr. Merry, sugerindo uma crítica ao Sr. Burgess e ao mesmo tempo a necessidade de diplomacia em relação a ele.

- Normalmente não esperamos que as pessoas desçam quando o café da manhã já terminou - disse a Sra. Merry. O bacon estava quente quando foi servido.

- Fanny - disse o Sr. Merry, num tom de desculpa à serviçal que estava à espera - quer colocar o bacon do Sr. Burgess no forno? Obrigado, Fanny, muito obrigado.

- Não gosto que cortem mais pão do que será comido - disse a Sra. Merry.

- Sra. Merry, vários meninos pediram mais pão há alguns minutos - disse a Srta. Basden.

- Se alguém pedir mais, terá de comer - disse o Sr. Merry - se alguém pedir mais, terá de comer. Não nos deem o trabalho de cortar o pão e depois causem o incômodo de recusá-lo. Se comeram todo o resto, podem facilmente comer um pouco mais.

Assim que as cadeiras foram afastadas da mesa, o Sr. Herrick entrou. Ele era o verdadeiro dono da escola, e o Sr. Merry o seu sócio. Era um homem idoso, baixo e impressionante, com pescoço e cabeça sólidos, cabelos pesados, bastos e grisalhos, e feições com algo de judeu. Era escritor, dispunha do seu próprio tempo, e lia preces na escola para agir como seu diretor. Colocara a escola na velha cidade universitária para estar perto de onde passara a juventude. O Sr. Merry se pôs de pé, fazendo uma pequena mesura.

- Bom dia, Sr. Herrick, bom dia. É dia de geada. Por isso estamos um pouco atrasados. Geadas abrem o apetite, é a coisa boa que elas fazem. Já estávamos nos levantando da mesa, quando pediram mais pão com manteiga. E não foi de maneira alguma o primeiro pedido, hein meninos?

Os meninos interpretavam entre si o significado da natureza dupla do Sr. Merry. O Sr. Herrick fez uma meia mesura em resposta, inclinou-se diante da Sra. Merry e de novo à Srta. Basden; acenou com a cabeça aos meninos, sentou-se e abriu a Bíblia. Neste momento apareceu o jovem Sr. Burgess, que entrou no aposento com um ar de quem não sabia que as coisas não estavam mais preparadas para um recém-chegado.

- Ah, Sr. Burgess - disse o Sr. Merry, quando os olhos do Sr. Burgess começaram a compreender o quão adiantada estava a manhã - estivemos falando sobre a sua pessoa. A única coisa possível, já que não podíamos falar com alguém ausente. A cama é um lugar muito confortável numa manhã fria como esta, não é?

A maneira do Sr. Merry se dirigir ao seu superior e ao seu subordinado na frente dos meninos tinha virado um hábito.

- Estou atrasado? - perguntou o Sr. Burgess num tom casual e cortês.

- Bom dia, Burgess - disse Herrick, sem tirar os olhos do livro.

O Sr. Merry sentou-se.

Percebendo que as orações iriam começar, o Sr. Burgess também se sentou.

- Por favor não deixe que atrasemos o seu café da manhã, Burgess - disse Herrick. Tome lugar à mesa, sim?

- Oh, não, Sr. Herrick. Eu gostaria de... de participar com vocês como sempre, obrigado. Não me incomodo com o horário do meu desjejum. Tenho pouca noção de tempo pela manhã. Sempre saio de casa por uma ou duas horinhas antes do café.

Ouviram-se risadinhas dos meninos.

- Sim, Sr. Herrick - disse o Sr. Merry com ar de desculpa, e com um olhar duro e enviesado - ele sai algumas vezes antes do desjejum para fazer exercícios. Os jovens sempre pensam em manter a forma, o senhor sabe.

- O Sr. Burgess vai sair com os meninos hoje pela manhã, Sr. Merry - disse a Srta. Basden, inclinando-se.

O Sr. Burgess se sentou parecendo ansioso para ouvir a leitura de Herrick. O rapaz não gostava nada da Srta. Basden, embora os meninos achassem que ele planejava se casar com ela. Herrick começou a ler, a Srta. Basden ouvia toda ruborizada, enquanto o Sr. Burgess demonstrava profundo interesse. Quando a assembleia, que ajoelhara, levantou-se, Herrick imediatamente saiu do aposento com a Bíblia. O Sr. Burgess foi até a janela olhar o tempo.

- Venha cá, Sr. Burgess - disse o Sr. Merry buscando o bacon no forno, desejoso de agradar o rapaz. O senhor pode não estar com fome agora, mas em breve estará. Peço que não se apresse. Os meninos não se incomodarão de esperar um pouco.

- Oh, obrigado, Sr. Merry - disse o Sr. Burgess indo até a mesa e pegando as pinças para se servir do açúcar. Não fazia a menor ideia do tempo. Mas os meninos não ficarão chateados por esperarem um pouco, isso é verdade. Adams, veja se o meu jornal já está no saguão de entrada.

Adams obedeceu com um sentimento de respeito em relação ao Sr. Burgess que o Sr. Merry quase sentiu vontade de partilhar. O Sr. Burgess recebeu o seu jornal e pousou o garfo na toalha para virar as páginas. O Sr. Merry perguntou se os meninos estavam esperando o empregado trazer suas botas.

O Sr. Burgess, uma vez sozinho, começou a tomar o seu desjejum com uma energia que não mostrara antes, a não ser em relação à própria toalete. Mesmo se os meninos ficassem muito entediados com a espera, não iriam sofrer por isso. Ele pôs o jornal no bolso e a uma certa distância da casa começou a ler. Ao voltar, viu o Sr. Merry à janela. Olhou de novo para o jornal e logo em seguida se virou para os meninos, dizendo: vejam vocês, o Parlamento julgou o Projeto de Lei inconveniente e o rejeitou.

- Bem, quais são as notícias, Sr. Burgess? - perguntou o Sr. Merry entrando no salão.

- Oh, nada demais. Só umas coisinhas de nada para dar uma olhada - disse o Sr. Burgess, definindo o alvo de sua atenção. Quer ficar com o jornal, Sr. Merry?

- Obrigado, Sr. Burgess, muito obrigado. Sou um pobre homem. Não estou à altura do *The Times*.

O Sr. Burgess encaminhou-se, sem uma palavra, para a sala preparada para as aulas dos alunos mais velhos. O Sr. Merry se arrastou para a outra sala e sentou-se diante dos mais jovens. Sua educação liberal não o preparara para uma vida de professor. Havia outras e mais urgentes razões à sua escolha.

A Sra. Merry ensinava as Sagradas Escrituras na escola, e havia uma aprovação geral de sua adequação à tarefa, baseada mais no seu temperamento do que na sua competência. O Sr. Merry sempre mencionava aos pais que ela ensinava as Escrituras.

Os garotos, sempre dispostos a dar risadinhas sem motivo, sentaram-se à mesa.

- É a aula das Sagradas Escrituras - disse ela com lábios tranquilos. Acho que vocês estão se esquecendo disto.

Os meninos leram um capítulo em voz alta, verso por verso, e a Sra. Merry acrescentou observações numa voz gentil e especial, usada somente nessas ocasiões. Das questões, ela passou aos comentários e leu tudo, explicando as dificuldades, dentro do permitido pelo decoro religioso. Certa discordância causou um aumento de alegria nos meninos. A Sra. Merry fulminou o questionador.

- Não vamos levantar raciocínios falsos sobre isso, Johnson. Só vamos pensar sobre a questão. Será o melhor e a coisa mais difícil. A Bíblia não diz nada sobre isso, veja só.

Sentiram que um certo esforço tinha sido feito, mas a risadaria continuava.

A Sra. Merry olhou longamente para um dos meninos.

- É somente a Bíblia, Bentley, você está caçoando do livro mais sagrado do mundo. É somente a Bíblia, Bentley. Terei de desistir de vocês, meninos!

A Sra. Merry, olhando ao redor de maneira muito significativa, levantou-se e saiu da sala.

- Risinhos constantes e falta de atenção tornam impossível o ensino!

O Sr. Merry entrou levantando os ombros, com as mãos violentamente enfiadas nos bolsos.

- Ora, bem, estou humilhado, *eu* estou humilhado. Sinto uma humilhação pessoal em ter de vir e falar a pessoas supostamente educadas, que tornam impossível para uma senhora dar aulas. Dar aulas sobre coisas sagradas! Há coisas inacreditáveis acontecendo em minha escola. Não vou falar sobre isso. Não posso me obrigar a tanto. E espero que nenhum aluno nesta sala fale comigo outra vez no dia de hoje. Porque eu não poderia me rebaixar a seu nível, esta é a verdade.

Era aniversário da Sra. Merry e ela sabia que um presente dos meninos seria colocado sobre a mesa à hora do chá. O presente havia sido pago por eles após uma consulta particular à Srta. Basden, e escolhido por ela e pela Sra. Merry numa ida à cidade.

À hora do chá, a Sra. Merry enviou cuidadosamente uma mensagem, como fazia todos os anos, avisando que uma dor de cabeça a impedia de aparecer. Os meninos imploraram à Srta. Basden que a trouxesse. O Sr. Merry sentou-se meio sem jeito, como se estivesse constrangido pelas fitas do presente à cabeceira da mesa.

A Sra. Merry mandou um recado dizendo que tentaria vir por um momento e entrou de repente, toda ruborizada, tomando seu lugar.

- Ora essa, de que se trata? O que pode ser? Ora essa, não estou entendendo, meninos. A Srta. Basden deu um passo à frente e rapidamente cortou a fita do presente para colocar um ponto final no assunto constrangedor

- Oh, meninos - disse a Sra. Merry. Oh, meninos! O que é isto? Oh, vocês não deveriam gastar dinheiro comigo. Eu nem sonhava com isto. E é disso mesmo que eu estava precisando! Uma boa fada deve ter...

Sua voz falhou.

- Calma, Mãe, você não está bem - disse o Sr. Merry. Você não está bem, conforme já falou, por isso ficou indisposta. Sabemos como é isso. É porque você toma conta muito bem de nós todos. Nós sabemos como você está contente. Não se preocupe em nos dizer mais nada. Venham tomar chá, meninos. Tomem seu chá, vocês foram muito gentis. Que agitação é essa lá em cima no saguão? Williams, vá ver o que é essa agitação. Muito obrigado, Williams, muitíssimo obrigado.

Alguém disse que uma senhora estava no andar superior e que o Sr. Herrick convidava o Sr. Merry a subir.

- Que momento para visitar uma escola! Depois de me manter à disposição desde as sete horas da manhã, não posso tomar uma xícara de chá em paz. É capaz de aparecer gente no meio da noite. Se há uma coisa que não suporto é falta de consideração.

O Sr. Merry subiu correndo e, no topo da escada, mudou a expressão do seu rosto, preparando-se para qualquer eventualidade.

- Oh, é o Sr. Merry! Que vergonha chamá-lo e afastá-lo dos meninos! Mas só vou ficar um momento, não vou ocupá-lo demais.

- Ora, como pode dizer isso de mim! - disse o Sr. Merry, tomando a mão da visitante entre as suas, com olhos carinhosos. Como pode dizer isso de mim! Como se eu pudesse pensar que é uma vergonha receber este chamado. Não que eu não goste dos meus meninos. Sim, gosto muito deles.

- Vi um meninozinho adorável no corredor!

- Ah, aquele malandro! Um maroto é o que ele é, sempre correndo por aí, quando deveria estar com seus livros! Bem, eles gostam de correr de vez em quando. E esse garotinho não é muito forte. Quando ele veio para a escola, meu coração se apertou ao vê-lo. Mas minha mulher mima esse menino, sabe? Ela o mima, pois ele é um menino diferente.

- Oh, como é bom para uma mãe ansiosa ouvir essas palavras! Pois não podemos esperar que o Sr. Herrick dê atenção a todas as minúcias pensadas por uma mãe.

- Oh, não contaremos ao Sr. Herrick o que pensamos dele - disse o Sr. Merry, quando seu chefe, como de costume, o deixou livre para exercitar os seus talentos. Talvez ele saiba sem que precisemos lhe dizer. Às vezes eu o vejo lendo sobre ele mesmo nos jornais.

- E o que ele acha sobre o ensino da escola? O Sr. Herrick não se envolve muito com tarefas comuns, não é?

O Sr. Merry concluiu que Herrick esteve ali uns bons minutos antes de escapar.

- Mas naturalmente os senhores têm professores para ajudar?

- Vou dizer uma coisa - disse o Sr. Merry, sacudindo a mão da senhora, um retrato do Sr. Burgess diante dos olhos. Tenha confiança em nós. Em mim e em minha esposa e nos meus bons ajudantes, e, acima de tudo, em seu filho. Nenhum de nós a desapontará. Posso prometer-lhe isso. E esta é a última coisa. E seu filho é a primeira, não é? Sim, Deus abençoe o menino. E agora gostaria de dizer-lhe outra coisa. Estou aqui para fazer os meninos felizes. Eles estão longe de casa e precisam ser felizes. Um professor conhecido no mundo inteiro é uma coisa enorme para um garoto. Eu gostaria de ter vivenciado isso quando jovem. Mas isso não é tudo o que é necessário. Uma mãe sabe disso.

Quando atravessou o corredor de volta, o Sr. Merry passou pelo Sr. Herrick sem uma palavra. A qualidade do Sr. Merry que colocava comida em sua mesa nunca era referida entre ambos.

- Bem, temos mais outro que virá e que mais tarde irá embora, Mãe. Outro navio na noite. Nunca se sabe o que sairá disso. E um terço do que virá de um aluno a mais não fará transbordar nossos cofres, não é?

Ouviu-se um riso sufocado vindo dos meninos.

- Tomem o chá - disse o Sr. Merry. E não se sintam tão humilhantemente enganados a ponto de pensar que algum de vocês terá qualquer vantagem sobre qualquer outro garoto. Porque tal ideia seria humilhante para vocês. Posso lhes afirmar isso.

- Não acho que possa aguentar outro menino, disse a Sra. Merry com uma voz clara e gentil.

- Não, eu não gostaria que você tivesse mais trabalho sobre os ombros, disse a Srta. Basden.

- Não sei se eu também aguentaria, disse o Sr. Burgess.

- Bem, Sr. Burgess, não seria mais trabalho para você - disse o Sr. Merry. Nós garantiríamos isso. E até que seria bem apropriado, não seria?

O Sr. Burgess olhou em direção à janela.

- Eu posso sempre fazer o que precisa ser feito - disse a Srta. Basden. Mas os meninos estão completamente enganados se pensam que há qualquer indicação de que são necessários para qualquer pessoa. São eles quem criam as necessidades.

- Sim, Srta. Basden - disse o Sr. Merry balançando a cabeça. É isso mesmo. São eles quem criam as necessidades. É isso. Me faria feliz saber de alguma coisa de que eles não precisam. Porque não sei de nada, e esta que é a verdade. Acabei de ouvir o que seria realmente bom para eles. E não vejo nada neles que pareça pedir por isso. Realmente não vejo.

2

- É tão bom voltar para o quarto - disse Herrick. Aquele saguão e aquela mulher, e o pobre Merry se arrastando para cumprir o seu dever! É de arrepiar.

- A visão do dever realmente causa arrepios - disse a Srta. Herrick. Acho que cumprir deveres pode nos matar.

Emily Herrick era uma mulher alta e morena de 50 anos, meia-irmã de Herrick, com um rosto que de alguma forma lembrava o de uma atraente beldade, com cabelos grisalhos e brilhantes entrançados ao redor da cabeça e uma voz rápida e profunda.

- Merry conhece o dever - disse Herrick. Eu não, Deus me livre!

- É impossível conhecê-lo - disse a Srta. Herrick. O dever só pode ser sentido, e talvez você tenha inteligência demais para isto.

- Podemos parar por aqui - disse Herrick.

- Pensar que você fundou a escola! - disse Emily. Porque foi você. Naturalmente foi sua a parte criativa.

- Sim, sim. E eu poderia continuar o trabalho - disse Herrick.

- Claro que poderia. Mas não seria terrível se você fosse obrigado a fazê-lo? Ou se você a tivesse construído? - perguntou Emily. É quase apavorante.

- É sim, é sim - disse Herrick. Mas sou um homem comum.

- Eu não quis dizer isso, querido. Dizem que professores nascem prontos, não são feitos. Eu sei o que são professores e quisemos o Sr. Merry por essa razão.

- De qualquer maneira nós o escolhemos para professor - disse Herrick sentando-se à escrivaninha.

- Precisamos parar de falar como se não fôssemos honestos, Nicholas. Qualquer pessoa desonesta junto ao Sr. Merry seria um desperdício, e qualquer desperdício numa escola não seria algo inteligente. E o Sr. Merry tem tanto encanto em tudo o que faz.

- Merry é um livro aberto - disse Herrick.

- Claro. Foi isso o que eu quis dizer. Além disso, que encanto poderia haver na desonestidade? - perguntou Emily. Você tem que escrever mais alguma coisa hoje, querido? Você escreveu mais do que de costume depois de ter ficado acordado durante toda a noite.

- Preciso continuar separando os papéis do velho Crabbe dos meus - disse Herrick. Encontrei algumas coisas dele para completar e algumas minhas para examinar. Eu sabia que seria uma longa noite e ele não queria dar trabalho, o pobre velho Crabbe! Oitenta e nove anos sem um dia a mais, e uma longa agonia, como se ele ainda não estivesse pronto para morrer! Não sofreu, ou sofreu muito pouco, e eu, Masson e Bumpus cuidamos dele até o fim. Pudéssemos nós todos conseguir o mesmo, morrer aos noventa, sem sofrimento, e com amigos à nossa volta. Prefiro amigos a filhos. Homens com a mesma perspectiva e não pessoas procurando ser os tais depois que partirmos! Bem, Emily, espero que você esteja a meu lado um dia, como estive junto do meu velho amigo na noite passada.

- Como você fala bem, querido! - disse Emily colocando os óculos para olhar o seu irmão. E quantas coisas boas você fez! Mas não acho que você tenha feito planos muito agradáveis para mim. Talvez você tenha deixado o meu velório aos cuidados do Sr. Merry. Não há nenhuma razão para ele deixar de assumir todas as suas responsabilidades. E transferir as suas tarefas para um estranho não é comum a você. Seria o mínimo a fazer para alguém de sua família.

- Ah, Emily - disse Herrick. Você é vinte anos mais jovem do que eu. Isso é uma coisa que não levamos em conta, mas o fato está aí. Você ainda não olha para o passado e o futuro... Na verdade, não podemos olhar para o futuro; mas acho que posso olhar para trás e ver que minha vida está completa.

Herrick vivia desapontado com o fato de ter feito somente trabalhos críticos nas letras.

- Quanto à minha vida, nunca olho para trás - disse Emily. Parece estar faltando tanta coisa. Você é tão corajoso. Lá vêm William e Richard. Convidados não devem estar divididos entre admiração e ansiedade, como as pessoas de casa.

William Masson era um homem de meia-idade alto e corpulento, com membros frouxos e roupas frouxas, e possuía um rosto ossudo, batido pelos anos. Parecia um exemplo de equilíbrio entre todas as ansiedades e a calma.

Seu acompanhante era um homenzinho de baixa estatura, de mais ou menos cinquenta e seis anos, com olhos mergulhados profundamente em um rosto gasto.

Os dois eram conselheiros e professores na mesma universidade onde Herrick estudara e significaram romance um para o outro na juventude. Haviam velado com Herrick à cabeceira do velho Crabbe, que sobrevivera aos próprios amigos.

- Bem, bem - disse Herrick - e assim ele se foi, o velho Crabbe! Estaremos todos no lugar dele um dia. Como sou afortunado em ter todos vocês mais jovens do que eu. Não preciso me preocupar com uma morte rodeado por pessoas de outra classe ou da minha idade. Não posso deixar de ficar contente que serei eu a olhar vocês do leito e não o contrário.

- Ele andou me explicando - disse Emily - que vou morrer sem assistência, enquanto ele terá todos conservados e vivos para cuidar dele. Nicholas tem um talento maravilhoso para conseguir o melhor dos outros. Pensem no Sr. Merry.

- Nunca deixei de respeitar você por isso, Herrick - disse Bumpus.

- Na verdade, não respeito o Nicholas tanto como faz o Sr. Merry - disse Emily. Pelo menos não me parece assim. Foi maravilhoso da parte do Nicholas. Achei que pesaria o fato de o Sr. Merry não ser instruído para o aceitarmos como professor.

- Sim, sim - disse Masson com sua voz fina e gaguejante. Confesso que já pensei nisso.

- Não penso assim - disse Bumpus. Mas não sei qual o interesse nisto. O que Merry tem não é uma coisa que possamos entender.

- Bem, eu sempre confio em mim mesmo quando julgo uma pessoa à primeira vista - disse Herrick. Sempre sei quando uma pessoa é isto ou aquilo. E nunca me enganei. É um dom que temos ou não temos.

- Acho que os dons são assim mesmo - disse Bumpus.

- Isto não é gentil de sua parte, Dickie - disse Emily.

- É provável, Herrick, que você veja a partida de todos nós - disse Bumpus. Você já passou da idade perigosa.

- É verdade que pessoas que vivem até os setenta anos costumam alcançar uma idade estupenda - disse Herrick. Num certo sentido já se encontram fora de perigo.

- Parece que você anda planejando a minha morte - disse Emily - e sem qualquer providência para o meu velório. Espero que você realmente confie no Sr. Merry. E não somente com o tipo de confiança necessária para que o deixe cuidar dos meninos.

- Tenho sessenta anos - disse Masson. Proclamo que também estou fora de perigo.

- Como todos vocês são precisos quanto ao montante de vida que ainda têm! - disse Bumpus. Claro que todos nós somos bons demais para morrer.

- Bem, bem, continuaremos fazendo as coisas que temos de fazer aqui e que ainda não fizemos - disse Herrick. Ah, você não pensa assim, Emily. O pensamento moderno tem você em suas garras. Mas você logo irá superá-lo.

- Seria excelente e flexível da minha parte superar coisas aos cinquenta anos. Dizem que pessoas fora do comum se desenvolvem muito tarde.

- Não consigo compreender como as pessoas temem a morte - disse Herrick. Para mim é a coisa mais comum e natural, a última coisa a ser temida.

- A morte é muito comum. Deveria ser chamada de universal - disse Bumpus.

- Não seja raso e espirituoso, Dickie - disse Emily. Nicholas estava falando de uma verdade mais profunda.

- Não considero nada chocante ver a morte à minha frente - disse Masson.

- Não, você a vê como ela é e também vê a si mesmo como você é - disse Bumpus. Você está muito acima e abaixo do resto de nós. Abaixo é a palavra errada.

- Eu deveria ter pensado que ele estava acima de tudo isso - disse Emily. Nunca gosto de pensar na sua morte. Deve ser tão difícil ser assim. Somos muito corajosos para falar sobre a morte. Tão corajosos como pessoas que se sentem capazes de realizar os próprios desejos.

- Sempre imagino a razão de Crabbe nunca ter escrito nada - disse Herrick. Ele deveria ter escrito, não deveria? Ele não deveria ter escrito?

- Nunca escreveu. Nem uma linha - disse Bumpus.

- Será que uma busca seria em vão? Achei por acaso dois ou três rascunhos de assuntos diferentes. Estão lá com meus papéis. Mas nada que se aproveite.

- Não, não, não - disse Masson com voz firme. Uma busca seria inútil. Ele não deixou nada. Não guardou nada. Ele era tão leve como o ar. Não tinha amigos além de nós. Nenhum contemporâneo que ainda esteja vivo. Parece que ninguém deu notícias de sua morte.

- Isso é o que Nicholas deseja para mim - disse Emily.

- Ah! - disse Herrick.

- Ele morreu como viveu - disse Masson. Sem guardar nada, sem precisar de nada, sem pedir nada. Uma busca em seu quarto seria como buscar em um descampado.

- Você deveria escrever, William - disse Emily. Você na realidade já escreveu depois de dizer coisas como essas.

- Venho pensando em voltar a escrever - disse Bumpus cobrindo os olhos com a mão. Mas espero que todos vocês esqueçam que um dia eu escrevi. Não sei se recordam como fui dramático uma vez na juventude quando produzi... e então me pareceu natural e razoável... um manuscrito para ser colocado no túmulo de um amigo? Desde então nunca mais escrevi. Não diria que a morte dele tenha me impedido de escrever mais tarde. Livros surgem, quando existem dentro de nós. Embora seja espantoso quantos de nós somos capazes de fazer coisas uma única vez. Mas venho escrevendo um pequeno livro ultimamente. Não sei por que tenho que dizer pequeno, embora ele seja curto.

- É ótimo ouvir isto, Richard - disse Masson.

- Muitíssimo bom - disse Emily. Estou com muita inveja pelo Nicholas. Ele também não tem uma história em sua vida. Quero dizer, uma bela história.

- Parece que ainda escrevo como um garoto, livre e ansiosamente - disse Bumpus. Fico sempre achando que devo acertar o texto, enxugá-lo e deixá-lo mais maduro. Não sei se romper com a juventude é o que me fará ir em frente. Não acho que estejamos muito longe dos vinte e cinco anos.

- Não acho que estou - disse Herrick. Porque também ando pensando em produzir um livrinho muito em breve. Sim, Emily, pode me olhar por seus óculos deste jeito. Adiei a informação até encontrar semblantes amigos. Admito a responsabilidade de virar um autor de verdade aos 70 anos! Coincidimos, Bumpus. Mas gostaria que nossas idades também coincidissem.

- Certamente já há coincidências demais - disse Bumpus.

- Não quero mais nada - disse Emily. Como é maravilhosa essa coincidência de vocês! É tão bela e generosa.

- Isso é o que sinto - disse Bumpus.

- Também estou feliz com o meu livrinho - disse Herrick, segurando a mão da irmã. E também não sei por que eu o chamo de livrinho, embora seja curto. É verdade, é curto, mas não sei por que deveríamos preferir um livro grosso. Se um livro é uma totalidade em si mesmo, o que importa o seu tamanho?

- Mas você realmente prefere livros longos, querido - disse Emily. Sempre gostei desse lado seu. Agora vejo que é a simplicidade da grandeza que você gosta. Mas não faça o livro mais extenso. Seria desprezar a opinião popular deixá-lo curto.

- Desejo... Imagino porque obedecemos a tais desejos, mas queria que o velho Crabbe tivesse vivido para ver você com um livro escrito, Herrick - disse Masson. Ele sempre repetia que você era um homem que poderia escrever, caso se esforçasse.

- O Nicholas também sempre pensou isso - disse Emily. Como vocês dois são talentosos!

- Fui um tolo vadio durante setenta anos de uma boa vida - disse Herrick. Mas não sei se poderia desejar isso para o Crabbe. Sinto que eu não escreveria este livro se não fosse a morte dele; sem isso o livro não tomaria uma forma definida em minha mente, como o sinto agora. Claro que não existe uma ligação direta. Absolutamente. Nenhuma. Mas o livro surgiu em mim enquanto eu estava sentado ao pé do seu leito de morte, a coisa inteira, o livro todo. Foi assim. Não sei explicar.

- Não parece um bom arranjo - disse Emily - guardar seu livro para você mesmo por setenta anos, e esperar o Sr. Crabbe morrer para botá-lo para fora. Mas você não é um bom administrador, e o Sr. Merry pode fazer mais por nossa vida e por minha morte. O Sr. Crabbe tinha noventa anos e você fez tudo ser tão agradável para ele.

- Quanto tempo você realmente vai levar para escrever o seu livro, Herrick? - perguntou Bumpus.

- Eu o tenho inteiro neste momento - disse Herrick. Deixei que ele crescesse em minha cabeça. Porque naturalmente ele esteve lá por algum tempo. Está tão perfeito como se já tivesse sido escrito. Sua forma me atingiu como um raio. Faço muitas coisas mentalmente, como você sabe.

- Oh, Nicholas, eu não sabia. Admiro muito você - disse Emily.

- Acho que finalmente me encontrei - disse Herrick. Acho que, se Deus quiser, terei feito um pouquinho por minha geração, terei feito o que todo homem precisa fazer antes de morrer.

- Você não pensa que todo homem precise mesmo fazer isto? - perguntou Emily. Espero que não.

- Supondo que Deus exista, você não faria muito se ele não estivesse com vontade - disse Masson.

Bumpus riu e olhou meio orgulhosamente para Masson.

- Seremos liberais e pecadores? - disse Emily. Gosto disso, porque não sou tão culta, e por isso ainda sou muito jovem mentalmente. Claro, seria bom ter alguma religião, em vez de continuar sem nenhum consolo. E não sou como o Nicholas, que é igual a Deus, e não um filho seu. Acho que é melhor não ter Deus do que tratá-lo dessa forma.

- É um tanto desolador para ele não pertencer a ninguém - disse Bumpus. Mas ele sempre me pareceu uma figura patética, sem amigos, sem filhos, sempre sozinho, e vivendo de um jeito miserável.

- Sim, ele tem um toque de William - disse Emily. Mas você sabe, ele tem filhos. Mas damos até mesmo a nossos garotos mais vantagens. A Sra. Merry lhes garante isso.

- Nos dias de hoje também se pode imaginá-lo sem filhos - disse Bumpus. Talvez eu me pareça com ele nesse aspecto. Mas o prefiro com filhos, ávido e apaixonado por elogios. Gosto desse lado humano e familiar.

- Sim, hoje em dia também o imaginam um pouco neutro - disse Masson. E talvez eu me pareça com ele quanto a isto.

- E ele tinha tanta personalidade - disse Emily. Uma personalidade extremamente indulgente, superiora e vingativa. Ele era uma das melhores personagens da ficção.

- Realmente não posso ouvir isso - disse Herrick.

- Não é diligente do Herrick ser pelas costas o mesmo que ele é pela frente dos pais? - perguntou

Bumpus. Como ele seria se os visse com mais frequência?

- Sou profundamente grato a Merry - disse Herrick. Ninguém sabe o que significa vê-los.

- O Sr. Merry sabe - disse Emily. Não sou grata a ele. Estou encolhida sob a carga das minhas obrigações. E ele é uma figura trágica que me assombra. Mas sou saudavelmente grata à Sra. Merry. Quanto à Srta. Basden, minha gratidão é bem ativa, ligada ao trabalho. Quase me sinto mais amável ao Sr. Burgess, que parece sentir o oposto de gratidão, embora eu nunca entenda bem a razão. Agora devo ir e perguntar à Sra. Merry se posso convidar vocês para o jantar. Sempre penso que Nicholas e eu levamos isso muito bem, pedindo permissão para ter hóspedes.

- Como Emily não para, não é? - perguntou Herrick. Dia após dia, ano após ano, o rio nunca seca.

- Não parece possível - disse Masson - que Emily possa um dia ser subjugada pela idade.

- Sempre me pergunto se ela um dia foi jovem - disse Bumpus olhando rapidamente para Masson. De certo modo ela parece sem idade, parece não ter nada a ver com a sua idade.

- Você a conheceu quando ela era jovem - disse Herrick. Mas você também era jovem. Ela era maravilhosamente parecida com o que é agora. Não, acho que de certa forma ela nunca teve juventude, assim como jamais terá velhice. Ela é desse tipo. Uma pessoa rara.

- Acho que as duas omissões compensam uma à outra - disse Masson.

- Não acho. Gosto da totalidade da experiência - disse Bumpus.

- Sempre imagino - disse Herrick, no tom de um homem que não guardou nada no coração - se eu teria sido mais ou menos feliz sem ela. Nunca me prendo a convenções e a pergunta surge no caso de qualquer relação íntima, por melhor que ela seja. Nós todos poderíamos ter nos moldado de outra forma.

- Não podemos mudar nem o conteúdo nem a forma - disse Masson.

- E Emily é uma mulher com muito de masculino nela - disse Bumpus.

- Ah, eu tive mais convívio com mulheres do que vocês dois - disse Herrick. Não estou muito longe do tipo comum. Mas a maior parte das minhas relações se deu com homens. Mas isso é o que desejo dizer. Calculo o que eu teria sido sem a Emily. E, William, você está pensando no que ela poderia ter sido sem mim. Mas não sou escravo de convenções.

- Continuem - disse Emily ao retornar - gosto de conversas que são impróprias para mim. É preciso se acostumar com Nicholas, que não é escravo das convenções, como ele diz. Imagine, ser capaz de dizer isso com sinceridade!

- Acredito no interesse de cada um, entendem? - disse Herrick, continuando como se não tivesse ouvido a sua irmã. Tenho o mais profundo interesse por mim mesmo, algo além do egoísmo como personalidade, embora possa também tê-lo. E não condeno absolutamente os egoístas. Penso que frequentemente eles são da mais alta qualidade.

- Esse não é o tipo de impropriedade a que me referi - disse Emily. Parece perverso, mas não com a perversidade de que gosto.

- No geral não acho que eles sejam - disse Masson.

- Você não poderia ser egoísta, William, quer queira, quer não - disse Bumpus.

- Claro que todos desejariam ser egoístas - disse Emily. Estou certa de que seria terrível não ser assim, não é, William?

- O egoísmo é uma dádiva como nenhuma outra - disse Herrick.

- Cada vez fico mais orgulhosa de você, querido - disse Emily. Um autor e um egoísta, ambos tão adoráveis.

- Suponho que seu livro seja um romance, Herrick? - perguntou Bumpus. O meu é.

- É, é. Um romance curto - disse Herrick. Não tenho tempo para livros longos, como sempre digo.

- Livros verdadeiros produzidos por nossas próprias cabeças - disse Bumpus. E não só coisas desagradáveis escritas sobre outras pessoas.

- O meu primeiro escrito original! - disse Herrick. E devo confessar, aos setenta! Não é apenas o que Richard disse. Ah, já senti isso. Não que eu não tenha feito um bom trabalho nisto também. Mas precisamos fazer de tudo. Meu primeiro livro. Provavelmente o meu único livro, embora muitos possam se surpreender quando digo isto. Estremeço como um jovem só de imaginá-lo publicado.

- Eu também - disse Emily. Mas não como uma jovem. Embora eu adorasse ser jovem outra vez. É melhor e mais seguro aos setenta. E de qualquer maneira ele terá o respeito devido à idade. Mas temo que o Sr. Merry pense que é um livro de historinhas. Talvez seja melhor manter o livro longe dele.

- Ele irá saber quando o livro for publicado - disse Masson.

- Não, não acho que o Sr. Merry fique sabendo de livros quando são publicados - disse Emily.

Masson e Bumpus retornaram à universidade, entraram na sala de Masson e se sentaram em silêncio durante um certo tempo.

- Bem, William - disse Bumpus - afirmei que escrevi um livro. Você deve saber que é sua vez de demonstrar que deseja falar sobre isso.

- Só se você quiser falar disso comigo - disse Masson. Acho que as pessoas que escolhem apenas a ciência não estão na posição correta para comentar essas coisas.

- Acho que você não lerá o livro - disse Bumpus. E em caso afirmativo, não me dirá o que pensou dele.

- Sou... sou a pessoa adequada para ler o livro? - perguntou Masson. Tenho dúvidas, como disse, de impor um toque estrangeiro.

- É isto o que trinta anos nos trouxeram? - perguntou Bumpus.

- Acho que é uma boa coisa para se ter, para termos - disse Masson, alteando a voz. Acho que a pior coisa da intimidade é embotar todos os limites.

- Sim, sim. Limites são importantes - disse Bumpus. É estranho, não é? Herrick ter escrito um livro.

- Particular, não? - disse Masson. Ele não ter escrito nada antes.

- Isso sim me parece algo estranho.

- Bem, talvez não seja um bom livro - disse Masson.

Bumpus riu.

- Eu deveria ter dito que Herrick sabe demais para escrever um livro ruim. Ele tem grande habilidade em manipular as coisas. “Ele não deveria ter escrito”? Foi isto o que ele fez. Não entendo. Certamente é estranho que nós dois, eu e ele, tenhamos chegado ao mesmo ponto de repente. Divaguei sobre o tempo em que sacrifiquei meu outro livro, foi isso o que me fez escrever agora. Ultimamente tenho pensado nisso. Não sei por que deveria ser sensível a esse fato. Não tenho por que me envergonhar dos meus próprios sentimentos. De alguma forma este livro parece ter surgido de tudo isso. Bem, não há nada entre isto e aquilo.

- Assim - disse Masson. Você... você se sente apegado ao livro, Richard?

- Sim - disse Bumpus inclinando-se para a frente, parecendo pequeno, tenso e vivo. Desejei escrever durante toda a minha vida, sentia que era isso o que eu desejava fazer. E parecia que não vinha mais até mim, depois da época em que as coisas aconteceram como sabemos. Parece haver um livro em cada um de nós. E naturalmente aquele meu livro já não me pertencia mais.

- Não, não - disse Masson, sem erguer os olhos.

- Então este significa muito para mim - disse Bumpus olhando para Masson.

- Ele, ele então também significa muito para mim - disse Masson. Talvez o livro de Herrick seja o livro dele, aquele que está em cada um de nós.

- Não - disse Bumpus rindo. Tenho mais de um em mim e Herrick não tem absolutamente nenhum.

- Então o livro precisa explicar-se - disse Masson.

- Creio que sou capaz de qualquer baixeza - disse Bumpus subitamente - menos enganar as pessoas.

- E existe baixeza pior do que esta?

- Não, não, nenhuma que importe - disse Bumpus.

# 3

O Reverendo Peter Fletcher era um homenzinho débil e idoso, com uma barba longa e negra, e uma face descolorida que mostrava uma amabilidade bem-humorada. Sua mulher, Theresa, era alta e idosa, com olhos penetrantes entre a testa sólida e o queixo. Sua irmã, a Srta. Lydia Fletcher, era uma mulher desajeitada, de sessenta anos, com um rosto largo, gordo e benevolente; e o Reverendo Francis Fletcher, seu sobrinho, era um homem jovem, acima do peso e com olhos solenes.

- Diga as Graças, Peter - disse Theresa erguendo os olhos da carne que trinchava.

- Acabei de fazer isso, querida - disse o Sr. Fletcher.

- Peter, veja só o resultado de trinta anos de convívio com você - disse Bumpus, primo do Sr. Fletcher que, apesar de uma grande diferença, possuía algo de um Fletcher frágil na sua compleição.

- Acho que é um belo resultado - disse Emily, que era amiga de Theresa. Imagine não dar atenção às Graças após trinta anos?

- Pelo menos estaríamos livres desta pressa nervosa - disse Bumpus.

- Oh, ninguém se dá como exemplo aos mais velhos e melhores - disse o Sr. Fletcher com o seu sorriso peculiar, esticando os lábios sem os separar e ocultando, com isso, os dentes.

Ele era nove meses mais jovem que sua mulher.

- Ah, é tão difícil se controlar - disse a Srta. Lydia, num tom baixo e misterioso, cobrindo a boca com a mão. Parece que não existe nada tão insignificante que dispense ajuda.

- Theresa faz tudo sem pedir ajuda, não faz? - perguntou Bumpus.

- Claro que ninguém que se comporte assim pode realmente fazer tudo - disse Emily.

- Não. Sem ajuda não. Talvez sem pedir sempre ajuda, porque não podemos sempre fazer tudo sozinhas - disse a Srta. Lydia. Não podemos.

- O sermão de despedida está pronto, Peter? - perguntou Theresa.

- Um sermão de despedida! Espero que você tenha tido alguma ajuda - disse Bumpus.

- Uma vida de trabalho, e então trabalho extra para a completar - disse Theresa.

- Lydiazinha, o sermão está pronto?

- O sermão não é assunto meu - disse a Srta. Lydia com segurança.

- Mas com alguma ajuda não poderia sê-lo? - perguntou Emily. Você deveria ter mais ajuda, quando está assim tão enfronhada nas coisas, ou tudo não passa de mais um jogo indiferente?

A Srta. Lydia olhou para a mesa.

- Tia Lydiazinha vai fazer o trabalho até o fim, não vai, tio Peter? - perguntou Francis.

- Claro, claro, certamente - disse o Sr. Fletcher.

- Pregar não é tarefa para uma mulher - disse a Srta. Lydia.

- Claro que não - disse Emily. Não penso que seja. E não quis dizer isso.

- O sermão está pronto, querido? - perguntou Theresa.

- Fiz um esboço do sermão - disse o Sr. Fletcher, inclinando-se para trás e juntando a ponta dos dedos. Mas ainda tenho duas ou três questões que preciso resolver.

- Você se dá muita importância, Peter - disse Bumpus.

- Bem, trata-se de um sermão de adeus, e nestes o ponto é sempre se abrir e ser sincero - disse Emily.

- Eu não me incomodaria com isso - disse Theresa - pois os ouvintes nunca se importaram com você.

- Eu os denunciaria ao final - disse Bumpus. Não, eu não faria isso. Eu seria sutil e distante.

- Eu realmente invejo você por se aposentar - disse Emily. Imagine se Nicholas pudesse desistir da escola!

- Ah, ele é necessário - disse o sr. Fletcher.

- Não, ele não é, Peter - disse Emily. Você não precisa inventar jeitinhos para se tornar popular.

- Há ritualismos demais nesta cidade - disse a Srta. Lydia, rolando o "r". Demais. Temos que lutar contra tantas coisas. Mas devemos ser gratos por poder fazer algo.

- O outro lado parece ter permissão para fazer mais - disse Theresa. Espero que sejam mais agradecidos.

- Lydiazinha - disse Bumpus - você sabia que Deus fez Theresa sem caridade para equilibrar o excesso de caridade do Peter, com quem ela viria a se casar?

- Ah, mas esses ritualistas realmente fazem mal. Eles fazem. Não batem bem. É idolatria - disse a Srta. Lydia, olhando para a frente.

- As verdadeiras razões para um serviço mais simples talvez nunca os tenham alcançado - disse o Sr. Fletcher.

- Não, não, Peter, controle-se - disse Bumpus. Isso não é conosco. Acreditamos mais em você do que isto.

- Certamente já é tempo de Peter se aposentar - disse Theresa.

- Onde os seus garotos frequentam a igreja? - perguntou a Srta. Lydia à Emily, num sussurro misterioso e penetrante.

- Meus garotos? - perguntou Emily. Como você é gentil! Porque é esta a impressão que desejamos causar. Eles frequentam a capela da faculdade onde o Nicholas costumava ensinar. A mesma que o Richard.

- Merry faz assim para que se lembrem que Herrick já foi professor ali - disse Bumpus.

- Vocês são pessoas agradáveis demais para serem empregados - disse a Srta. Lydia, sugerindo com a voz certo desprezo pelo Sr. Merry.

- Sim, tentamos ser gratos - disse Emily. É mesmo muito bom estar empregado. Ainda que Nicholas e eu no fundo tentemos evitar nosso quinhão em tudo isso.

- A Sra. Merry é uma mulher boa e religiosa? - perguntou a Srta. Lydia, levantando os olhos, mas não a cabeça.

- Sim, ela é exatamente assim. Você a definiu maravilhosamente bem!

- Tenho certeza, tia Lydiazinha, que a influência da Srta. e do Sr. Herrick permeia a escola inteira - disse Francis. Tenho ouvido isso com muita frequência na cidade.

- Fico pensando se está tudo bem - disse Bumpus. Você tem certeza de que o Sr. Merry deseja essa situação?

- O Sr. Merry é muito feliz por não haver lugar para críticas em sua vida - disse a Srta. Lydia.

- Muito feliz? - perguntou Emily. Achei que a nossa situação seria infeliz e difícil. Não podemos tomar tudo e dar menos do que nada. A crítica parece ser essa. Isso é o que a crítica parece ser. Peter, você realmente me desperta inveja sentado aí. Gostaria que o Nicholas tivesse uma barba e uma expressão mais afável.

- Sessenta e oito anos e nem mesmo um respeitável cabelo grisalho para mostrar - disse a Srta. Lydia.

O Sr. Fletcher alisou a barba.

- Para a sua profissão, a vaidade não seria um sentimento absurdo? - perguntou Bumpus.

- Temo que faltaria o que pode ser entendido como privações da vida - disse o Sr. Fletcher.

- Gostaria de ter dito isso. Quer dizer, gostaria de ter pensado nisso - disse Emily. Quer dizer, gostaria de ter pensado nisso como uma esperteza minha.

- Está aí por que ele não abotoa o paletó - disse Bumpus. Isso iria obrigá-lo a pensar no que veste, quando tudo já lhe é provido tão belamente como aos lírios do campo.

Francis parecia preocupado.

Theresa se levantou e tocou o sino.

- Minha querida - disse o Sr. Fletcher semi-erguendo-se - por que você não pode pedir quando deseja que algo seja feito?

- Eu pretendo, mas desisto antes que alguém se levante da cadeira - disse Theresa.

- Não é digno de você esperar que alguém esteja sempre à disposição - disse Bumpus. Que fria autoestima.

- Sou fria e estimo a mim mesma - disse Theresa.

- Me ocorre - disse Francis, se refastelando na cadeira - que o mesmo se passava com a minha mãe. Frequentemente, para me envergonhar e ferir, se fosse possível ser envergonhado ou ferido por uma mãe, ela mesma fazia aquelas coisinhas que eu gostaria de fazer por ela. Sempre discutíamos sobre isso, mas ela sempre recusava me ouvir.

- Preciso dar um pulo nos correios - disse a Srta. Lydia. Tenho de escrever a todos os meus alunos e dizer que não haverá aula na quinta-feira. Pobrezinhos, ficarão tão desapontados... mas não posso fazer nada.

- Deixe-me ir em seu lugar, tia Lydiazinha - disse Francis.

- Não, sou uma pessoa que faz as suas próprias coisas. E esta obrigação é minha. Estou tão triste por desapontar os meus rapazes, que me entendem tão bem... Nem sempre falho com eles. Nem sempre. Eu sei que sou diferente com as mulheres. Admito. Mas os homens nunca me desapontam. Nunca.

- Sinto que eu a desaponto, Lydiazinha - disse Emily. Frequentemente tenho provas de que sou uma mulher comum. E Nicholas tem me ensinado a desprezar isso.

- Ela parece muito feliz de não falhar com os homens, e falhar com as mulheres - disse Theresa. Seria melhor não falhar com nenhum dos dois.

- Não, se você pensar um minuto, não é tão bom assim - disse Emily. Nem tão legal.

- Eu não me considero assim tão bom - disse Bumpus. Nem muito pior, é claro.

- Já é alguma coisa não falhar com uma pessoa, minha querida - disse o Sr. Fletcher.

- Eu sabia que você iria falar isso, Peter - disse Theresa. Seu velhinho pretencioso. Eu não disse que não era.

- Tenha paciência comigo, querida. Em breve serei mais velho e mais sábio.

- Você será mais velho, mas não mais sábio. Na nossa idade as pessoas ficam menos sábias.

- Sim, é verdade, minha querida. Farei o melhor que puder por você, quando chegar o tempo de você se aconselhar comigo.

Os olhos do Sr. Fletcher tomaram um ar de grato contentamento quando a porta se fechou atrás das mulheres. Ele recebia com prazer a companhia de outro homem. A sua amizade com Bumpus dera uma nova luz aos seus dias.

- Estive um longo tempo esperando para conversar com uma mulher - disse Emily sentando-se com Theresa. Nicholas é tão machista. Você deve achar o mesmo de Peter.

- Às vezes - disse Theresa.

- Só às vezes? - perguntou Emily. Sim, isto é verdade sobre o Peter. E Nicholas é sempre um homem. A vida é apenas trabalho e tristeza para nós. Trabalho para o Nicholas e tristeza para mim. Ninguém diria que Nicholas iria trabalhar. Mas ultimamente, sim. Sua maneira de escrever esse livro é tão semelhante à de um escritor comum, à maneira como um verdadeiro escritor escreveria. Ele diz que o livro está pronto em sua cabeça. Não pode ser assim. Ele diz que o livro veio a ele subitamente quando estava sentado com o Sr. Crabbe. Mas o livro devia estar em sua cabeça, sem que ele demonstrasse. Ele deveria ter nos dado mais sinais. Isso não deve significar nada. Você acha que ele envelheceu ultimamente?

- Não, não, querida - disse Theresa. Ele parece particularmente bem e alegre.

- E está tão contente que finalmente será reconhecido - disse Emily. Ele gosta muito disso, mais do que a maioria dos homens. De alguma maneira Nicholas possui uma larga medida de importância. Espero verdadeiramente que tudo se concretize. Mal posso te dizer o quanto espero por isso. Ele ficará terrivelmente abalado se isto não acontecer.

- Bem, e por que não aconteceria? - perguntou Theresa. Me questiono o motivo de ele não ter escrito um livro antes.

- Eu também - disse Emily. E ele também. Mas é o que é. Pelo menos eu não acho que penso assim. Nunca pensei que Nicholas pudesse escrever um livro. Fosse um livro realmente bom, ou um livro apenas bom o bastante.

- Seu irmão sabe a boa irmã que tem? - perguntou Theresa.

- Não - disse Emily. Mas ele sabe o bom irmão que é para mim. Sem ele eu acabaria nas ruas, ou me tornaria uma mera governanta.

- Você teria o seu próprio dinheiro, querida - disse Theresa.

- Cem por ano - disse Emily. Nicholas é gentil e nada orgulhoso. Ao menos é o que prega nas ruas.

- Bem, há sempre um outro lado.

- Claro que há o meu lado. Mas Nicholas não o percebe. Dá toda a sua atenção a um único lado da questão.

- Você é muito dedicada a ele? - perguntou Theresa.

- Você sabe tão bem quanto eu como me sinto em relação a ele. Como ele me é transparente e, entretanto, como ele é necessário para mim. E quão patético. Meu coração se quebrará se este livro infeliz não der certo.

- E ele sente o mesmo por você? Quero dizer, tem a mesma dedicação?

- Não - disse Emily. Você sabe que ele não se sente assim em relação a ninguém. Até certo ponto ele fica contente com a minha companhia. Mas acredita que sem mim não teria mantido uma escola e teria se tornado um verdadeiro escritor. Acho, contudo, que ficaria arrasado se alguma coisa me acontecesse. Quer dizer, se eu viesse a morrer.

- Ele só dá dez minutos por dia à escola - disse Theresa.

- Bem, ele não poderia dar muito mais. Eu não sabia que você era uma dessas pessoas que falam dos dez minutos do Nicholas. E ele não vê o outro lado. Eu já disse isso a você.

- Mas você já disse isso também a ele, querida?

- Você sabe que isto não o faria enxergar as coisas de outra forma. Diferente da qual ele já as vê. E acho que é saudável para ele se sentir como uma espécie de mártir. É uma forma de ele não mergulhar na velhice.

- O que ele faria se você se casasse?

- Suponho que viveria comigo. Uma espécie de marido sobressalente. E olhando com superioridade para o outro.

- Minha querida, se você pensa em fazer isso, trate de fazer logo. Como você mesma disse, seu irmão poderia continuar vivendo com você.

- Você sabe que eu não falei isso seriamente - disse Emily. Como se o Nicholas pudesse viver comigo enquanto dou atenção a outra pessoa. Você não pode ser tão desatenta assim. E se eu posso me casar agora, posso me casar em qualquer momento. Não se pode contar muito com a juventude que nos resta aos cinquenta. E William também fica mais velho. Não finjo que não compreendo. Mas sou absolutamente incomum.

- Não existe ninguém mais, existe? - perguntou Theresa.

- Você não deveria falar comigo como a média das mulheres casadas falaria com uma solteirona.

- Você já deu uma chance a ele?

- Dar uma chance ao William? Eu o vejo todos os dias.

- Mas sozinho, querida? De modo que ele tenha liberdade?

- Na saleta que eu e Nicholas dividimos, com o Dickie nos observando. Onde mais eu poderia vê-lo? A sala de jantar dos meninos não faria qualquer diferença para William. Ele não poderia me pedir em casamento ali.

- Por que não?

- Ora, porque acho que ele não o faria. Nunca pensei nisso. Acho que esta é uma das coisas que ele não faria. Todos temos coisas que não fazemos.

- Mas você mesma poderia dar um jeito, querida. Todos podemos - disse Theresa.

- Sim, claro, todos podemos. Tenho observado isso. E ele me aceitaria, tenho certeza. Sei que ele me pouparia o embaraço. Querido William!

- Mas ele quer se casar com você, não quer?

- Tanto quanto ele quer se casar com qualquer outra pessoa. Com qualquer outra pessoa que seja uma mulher. E isso não quer dizer muita coisa.

- Oh, querida, esses professores, essas pessoas! - disse Theresa.

- Sim, é algo assim. Todo o tempo eu sabia que você sabia. Devo dizer que é assim também comigo. Mas não vou te dizer mais nada. Especialmente porque, como uma pessoa comum, você sabe de tudo. Eu compreendo agora por que as pessoas às vezes matam quem os outros julgam que elas amam. Elas têm de matá-los.

- E se você sobreviver ao seu irmão, querida?

- Suponha que eu sobreviva a ele! Porque eu certamente viverei mais do que ele. Sou vinte anos mais moça, assim viverei vinte anos a mais do que ele. Você acha que uma mulher não deve viver, se não houver um homem fazendo uso dela?

- Achei que talvez você pudesse achar que as coisas não valeriam mais a pena sem ele. Você acha que ele ficaria arrasado sem você? Eu mesma não gostaria de viver para sempre.

- Sim, espero que sim - disse Emily. Mas sou eu que me uno a ele, vivendo a sua vida. Ele jamais se uniria a mim em qualquer coisa. Eu amaria viver para sempre. Não me parece que pessoas religiosas, que podem planejar as coisas, pensem na situação deste modo.

- Não, mas você não deve sentir menos a falta dele por isso - disse Theresa. Acabamos carentes também quando damos o máximo aos outros... o máximo.

- Eu não - disse Emily. Eu sentiria menos a falta dele por isso. Mas sentiria. Por isso desejo que esse livro saia logo, para dar a ele um recomeço. E eu viveria numa casinha agradável, se ele morresse. O Sr. Merry ficaria com a escola, me dando um subsídio. Eu teria duas salas de estar e ficaria confusa entre elas. Em qual delas William poderia me pedir em casamento? Embora naturalmente a escola pode não me pagar nada sem o Nicholas. As pessoas o admiram por não perder tempo com a escola. Ele foi tão inteligente ao planejar assim. Qualquer pessoa poderia pensar que a escola pagaria mais se ele se dedicasse totalmente a ela.

- Darby e Joan fofocando juntas no escuro - disse a Srta. Lydia. Fofocando e fofocando no escuro.

- Bem, o escuro pode ser remediado em breve - disse Theresa.

- Sim, sim, ele não é incurável - disse a Srta. Lydia procurando fósforos como alguém que desejasse fazer tudo o que precisa ser feito. Não é incurável, e isto já é alguma coisa. Não é como o escuro onde estive há pouco, num quarto sob as escadas, completamente sem luz, sem lareira, com somente algumas criancinhas. Oh, Deus! Alguma coisa deve ser feita. Precisa ser feita! Como devemos ser gratas!

- Com um pouco menos, também estaríamos no escuro e no frio - disse Theresa. Você poderia encontrar pessoas melhores a quem pregar gratidão.

- Oh, não. Porque algumas pessoas jamais saberão como é agradável ajudar - disse a Srta. Lydia. Devemos ter pena delas. Porque é tão agradável. É tão agradável.

- Talvez as pessoas estejam fingindo passar necessidade por amabilidade a você - disse Theresa.

- Não. As pessoas não são tão complicadas com suas generosidades - disse Emily. E elas não saberiam como é agradável.

- Por amabilidade a si mesmas, então - disse Theresa.

- Não, não. Ao menos não neste caso - disse a Srta. Lydia. O homem lutou para conseguir trabalho até não conseguir mais trabalhar, somente isto, pobre alma! Sem esperança, descrente de tudo. Ele mal acreditava em mim no começo. Mas agora ele acredita, querida amiga. Querida companheira, como ele acredita!

A Srta. Lydia foi até a mesa e lá ficou com as juntas dos dedos sobre o tampo, os olhos no espaço. Não demorou para que o assunto em que pensava lhe parecesse esclarecido, pois logo correu para a porta.

- Que grande alma ela tem - disse o Sr. Fletcher, sorrindo, ao entrar depois de se despedir de Bumpus no saguão.

- Uma alma que tem de ser boa - disse Theresa. Sem família e sem renda própria! Não poderia gastar nela mesma nenhuma moeda que tivesse.

- Ela não poderia, mas há pessoas que podem, minha querida.

- Eu poderia - disse Emily. E o faço.

- Bem, não está ao nosso alcance admirar este pinga-pinga de nada - disse Theresa. Já tivemos mais do que podíamos engolir de um só gole. E isso já é alguma coisa.

- Gostaria de saber usar metáforas vigorosas - disse Emily.

- Minha querida, não tivemos a intenção de dar tanto - disse o sr. Fletcher, que havia emprestado sua herança e não conseguiu recuperá-la.

- Não. E assim tivemos toda a dádiva e nenhuma gratidão. Isso não combinaria com Lydia.

- Sabe - disse Emily - eu odeio dizer isso, mas acho que combinaria melhor com ela do que conosco. Mas ainda assim combinaria muito mal, espero, naturalmente.

- Não combinou conosco, combinou, Theresa? Temo que tenhamos nos queixado. Acho que sim.

- Como você é cheio de si! Claro que se queixou - disse Emily. Imagino se Lydia não esconderia o assunto. Em todo o caso, que boa coisa que não foi com ela! Neste caso seríamos obrigados a admirá-la.

- É uma boa ideia deixar dívidas não pagas quando morremos - disse Theresa.

- Muito boa ideia. Vou contar ao Nicholas - disse Emily. Possivelmente ele não pensou nisso. Ele é realmente muito mais honesto do que pensam. E ele não acha que vai morrer. E claro que não vai.

- Minha querida, ele sentiu mais do que nós - disse o Sr. Fletcher para sua mulher. E nós temos sido um feliz casal de idosos sem isso. Embora eu não saiba por que eu deveria chamar a mim mesmo de velho, exceto porque gosto de fazer par com você, minha querida.

- Realmente eu desejo não me tornar uma solteirona - disse Emily. Retiro tudo o que disse.

- Claro, Lydia flerta com os rapazes que ajuda - disse Theresa. Ela não sabe, mas é o que faz.

- Gostaria de poder fazer coisas difíceis sem saber que as faço - disse Emily. Eu sempre sei quando as faço, tão clara e vaidosamente.

- Bem, esse tipo de coisa deve estar na base de quase tudo - disse o Sr. Fletcher. E pode ser usado com um bom propósito, saibam ou não as pessoas.

- Peter, às vezes você é realmente um pouco comum - disse Emily - embora eu não goste de te diminuir diante de Theresa.

- Emily, às vezes você é severa - disse o Sr. Fletcher.

- E isso é igual a quase todo mundo, não é? - perguntou Emily. Mas por que você não gostaria de ser igual às outras pessoas, sendo um homem tão bom?

- Porque não quero - disse o Sr. Fletcher.

- Então por que sou severa? - perguntou Emily. Mas você está certo em não deixar que falemos mal de Lydia. Deve ser terrível fazer o bem.

# 4

- Olhem, não sei a razão - disse o Sr. Merry - mas vocês parecem todos vestidos pela metade, em estado de desalinho. Não consigo entender como meus garotos não se arrumam para parecerem cavalheiros. Agora, o que há de tão amarfanhado e sujo em todos vocês?

- Logo mais nós vamos nos vestir de novo, senhor, antes que comece a distribuição dos prêmios - disse um garoto.

- Vestir-se de novo, logo mais, antes da distribuição dos prêmios! Vestir-se de novo, logo mais! Então não vale a pena descer como cavalheiros, embora faltem cinco ou seis horas para a distribuição dos prêmios? Vocês ao menos se lavaram hoje de manhã? Você se lavou, Johnson? Algum de vocês fez as orações? Ou adiaram tudo até estarem na igreja daqui a quatro dias? Nunca ouvi uma coisa dessas.

- A Srta. Basden nos disse para... para fazermos só essas coisas, e nada mais. Vamos nos trocar de novo agora mesmo. A Srta. Basden disse...

- A Srta. Basden disse! A Srta. Basden disse! Vocês são um bando de garotos que exigem que uma senhora venha lhes dizer esse tipo de coisa! Vocês não têm nenhum sentido de decência cavalheiresca? Não têm respeito próprio? Não têm? Oh, não tenho paciência para falar com vocês. Não posso compreender. Não posso. Quando eu tinha a idade de vocês... Mas apanhem seus livros e não me deixem ouvir outra vez essa história de se vestir de novo para a distribuição dos prêmios. Não suporto esse comportamento.

Uma criada apareceu com um pedido da Sra. Merry para que os meninos descessem diretamente para o café da manhã assim que ouvissem o gongo, pois não havia tempo sobrando naquele dia.

- Sim! Oh, o que, Fanny? Logo que eles ouvirem o gongo? Obrigadíssimo, Fanny. Meninos, desçam para o café da manhã logo que ouvirem o gongo, sim? Portanto não fiquem para trás para acabar o que vocês estiverem fazendo... e deixem-me sair na frente, pois sou quarenta anos mais velho do que vocês... e professor da escola. Acho que a Mãe pensou que vocês fossem perder o sinal do gongo esta manhã, assim como perderam a maioria das coisas. Aí está o gongo! Portanto corram para baixo em debandada como um rebanho de esfarrapados que nunca estiveram em uma escola, em vez de descerem como cavalheiros que passam a vida em uma delas.

A Sra. Merry estava sentada diante de uma bandeja vazia, com o ar de quem havia desistido de tudo, exceto acariciar o cabelo e olhar o relógio.

- Veja, Mãe, veja, está tudo muito bem feito - disse o Sr. Merry, quase implorando. Você está organizando tudo o melhor possível. Você sabe que está, Mãe.

- Mas nem tudo está correto, querido. Não podemos passar sem as xícaras. Os garotos têm de tomar o seu café da manhã como sempre - disse a Sra. Merry, dando a entender que talvez fosse razoável renunciar ao início do dia.

- Oh, sim, toque o sino, Johnson - disse o Sr. Merry, evitando olhar para a sua mulher. Toque o sino, Johnson, por favor. Obrigadíssimo Johnson. Oh, Srta. Basden, bom dia Srta. Basden. Estávamos na maior confusão sem a senhorita.

- Temo que vocês fiquem confusos novamente muito em breve, Sr. Merry. Acabei de chegar, mas logo precisarei sair outra vez. Oh, as xícaras! Não pude ir buscá-las hoje. Não, Sra. Merry, insisto que a senhora não se levante. Sr. Merry, por favor, quer proibir a Sra. Merry de se levantar?

-Meninos, levantem-se e apanhem as suas próprias xícaras para tomarem o café da manhã! Levantem-se e sirvam-se. Quando eu era um garoto não havia nada de meninos esperarem para serem servidos. Oh, Fanny! Aqui está você, Fanny. As xícaras, Fanny, por favor. Elas foram esquecidas na azáfama das coisas hoje, não é? Está tudo certo, Fanny. Obrigado, Fanny, muitíssimo obrigado. Meninos, fiquem quietos, e não esperem sentados que tudo seja feito para vocês. E enquanto estão sendo servidos ainda armam um rebuliço. Não veem que Fanny está apanhando as xícaras? Oh, vocês são mesmo um bando de meninos! Olhe, Mãe, tome uma xícara de chá e deixe a mente descansar durante o café da manhã. Srta. Basden, faça o mesmo.

- Antes de me servir tenho de pensar em servir três ou quatro dúzias de xícaras de chá.

- Sim, Mãe, sim - disse o Sr. Merry, olhando cheio de culpa para as xícaras. Parece que você está sempre cuidando de três ou quatro dúzias de pessoas. Mas não desista, coração, Mãe, você sabe, nem todos os dias são como hoje. Olá, Sr. Burgess! Como está, Sr. Burgess? O senhor parece tão leve, como se fosse ganhar um prêmio. Ah, qualquer coisa fora do ordinário está ótima para o senhor, não é mesmo, Sr. Burgess?

- Depende de quanto isso tem a ver comigo, Sr. Merry - disse o Sr. Burgess, que havia chegado mais animado com a quebra da rotina, mas já voltara ao seu normal. Parece quase uma confissão, mas temo que não tinha pensado na distribuição de prêmios dos meninos. Sou muito autocentrado.

- De qualquer maneira o senhor chegou na hora, Sr. Burgess - disse a Srta. Basden esvaziando sua xícara de pé.

- Não pensei nisso, Srta. Basden, mas estou contente por ter honrado o dia mesmo inconscientemente.

- Ah, Sr. Burgess, isso não o traria aqui mais cedo, não é?

- Parece que trouxe, Sr. Merry. Mas foi algo realizado sem minha própria participação, como disse, embora pareça que esses louros me serão atribuídos.

- Meninos, atenção, vocês estarão em seus quartos às onze e meia - ordenou a Srta. Basden da porta, num tom repentino e impessoal. Às onze e meia, de modo que já terão feito tudo o que têm de fazer. Por volta das doze eu subirei para ver se estão prontos. Compreendem?

- Nenhum de vocês sabe falar? - perguntou o Sr. Merry. Não podem fazer nada além de ficar sentados quando uma senhora lhes faz essas gentis propostas? O que vocês já fizeram para a Srta. Basden, para ela não precisar andar em círculos por aí para ver se vocês estão prontos, quando ela tem tanto o que fazer? Agradeçam agora à Srta. Basden e digam que, sem sombra de dúvida, vocês estarão prontos na hora combinada.

- Fanny - disse a Sra. Merry - não se esqueça que vou precisar de vocês todos no térreo hoje. Portanto ninguém deverá estar no andar de cima depois que os quartos forem arrumados. A Srta. Herrick irá atender a campainha da porta da frente.

- O quê, Mãe? - perguntou o Sr. Merry inclinando-se para a sua mulher. A Srta. Herrick, Mãe? A

Srta. Herrick atendendo à campainha da porta? Será mesmo necessário, Mãe? O Sr. Herrick sabe disso?

- Claro que é necessário, querido, ou eu não teria determinado assim.

- Sim, mas Mãe, a Srta. Herrick! A Srta. Herrick, você sabe! Bem, eu não teria pensado nisso... Quer dizer, está tudo certo, Mãe?

- Claro, querido. É apenas um pequeno arranjo entre mim e a Srta. Herrick.

- Sim, Mãe - disse o Sr. Merry com admiração em seu tom de voz pela relação de sua mulher com a Srta. Herrick. Mas compreenda Mãe! Bem, não haveria outra maneira de arranjarmos isto?

- Nenhuma outra, querido. A não ser que você queira me ceder um dos garotos para se sentar no saguão de entrada e atender à campainha.

- Oh, bem, Mãe! Eu não quero dizer que eles não seriam mais úteis sentados no saguão respondendo à campainha, do que fazendo qualquer outra coisa. Pois qual é a vantagem de lhes ensinar, me sentando pacientemente, mas com eles vestidos pela metade, com suas cabeças cheias de todo tipo de coisa, bem longe de onde elas deveriam estar? Mas olhe, Mãe - e o Sr. Merry falou baixinho - os pais, sabe? Se chegar algo a eles a respeito de estarem sendo usados, e faltando a uma manhã de estudos. Assim não me parece que, Mãe...

- Oh, claro que eu não falava a sério, querido! - disse a Sra. Merry, dando uma risadinha. E um garoto não me serviria de nada, francamente.

- Não. Um garoto não lhe serviria de nada, claro! Um garoto não lhe serviria de nada! Ou serviria? Estou certo de que não. Agora, existe uma coisa que diz respeito a todos vocês! Aqui está a Mãe, amável como é, tendo de dizer isto sobre vocês!

- Você deve ficar com os meninos até que terminem o café da manhã, querido - disse a Sra. Merry, com a mão na beirada da mesa - e então deve sair com eles o mais rápido possível. Não teremos preces esta manhã, assim as criadas podem entrar para limpar os quartos.

O Sr. Merry esperou com os olhos na porta até que ela se fechou atrás de sua esposa.

- Não vamos ter preces esta manhã! Oh! Assim vocês perderão também isto, não é? Além das outras coisas que já perderam hoje. Parece que vocês só terão refeições e prêmios. Não me surpreende que o costume de dar prêmios esteja sendo combatido. Não me surpreende. E digo a vocês, há outra coisa que terão de fazer esta manhã: estudar. Então levantem-se e saiam, tenham terminado ou não o café da manhã. "Fique com os meninos até que eles terminem o café da manhã!" Sou uma babá, por acaso? Ora, a Mãe mudou o curso das coisas esta manhã. Então, saiam, deem seu passeio e voltem preparados para enfiar a cabeça nos livros. Ouviram?

- O fim do café da manhã é outra coisa que iremos perder hoje - disse o Sr. Burgess, com indiferença.

- Oh, bem, Sr. Burgess - disse o Sr. Merry, com os olhos no bando de garotos que partia. Oh, bem, os meninos não precisam apressá-lo. Mas "fique com os garotos até que eles terminem o café da manhã!" Bem, eu jamais pediria isto ao senhor, Sr. Burgess.

O Sr. Burgess seguiu os seus alunos.

- Fanny - disse o Sr. Merry - e essa história da Srta. Herrick atender à campainha? Está tudo mesmo combinado? Não há como mudar isso? Não há ninguém entre vocês que possa dar um pulo no andar de cima caso ouça a campainha?

- Bem, não, temo que não, senhor. As ordens da Sra. Merry são para que fiquemos aqui embaixo esta manhã. Temos uma porção de coisas para fazer aqui.

- Sim, Fanny, naturalmente. Sim, Fanny. Obrigado, Fanny, muitíssimo obrigado.

O Sr. Merry subiu para o saguão e, vendo Emily, apressou o passo para alcançá-la.

- Olá, Srta. Herrick, aqui está o nosso grande dia. Um grande dia para os rapazes, quando todos trabalhamos juntos. Como você e o Sr. Herrick são gentis conosco! Sim, Srta. Herrick, a senhorita é tão gentil conosco. Espero que não haja nada que a senhorita esteja fazendo hoje que seja um aborrecimento, sim?

- Oh, claro que não. Nicholas e eu acabamos de chegar, com nossas mais belas roupas, para receber as pessoas. O que poderia ser mais agradável para nós? Vou abrir a porta da frente assim que ouvir a campainha. Mas como os trabalhadores entram pelos fundos e nenhum visitante vem pela manhã, não sei para quem devo abrir a porta. A menos que seja para o Sr. Burgess e os meninos. Isso soaria como um bom trabalho, se eu somente soubesse o número de pessoas.

- Sim, Srta. Herrick - disse o Sr. Merry, abrindo espaço um pouco apressado para Emily. Sim, Srta. Herrick, muito bom e generoso para todos nós. Oh, Sr. Burgess! Então o senhor ainda está aí, Sr. Burgess? Verifique se está com a sua chave, Sr. Burgess, sim? Porque há muita correria hoje.

- Sim, Sr. Merry, acho que a tenho aqui. Sempre procuro carregá-la comigo. Uma chave é algo muito útil para se ter, caso desejemos entrar e sair com pressa.

- Oh, bem, Sr. Burgess. Desejar entrar e sair com pressa! Oh, bem, só hoje eu quis dizer.

Poucas horas mais tarde, Emily abriu a porta para Bumpus e Masson.

- Então vocês não se envergonham de vir nos visitar quando estamos ajudando com o ganha pão? Digo, de serem vistos conosco? Viram o Sr. Burgess passeando pelo campus hoje de manhã, com seu jornal e todos os garotos? Que idade vocês pensam que ele tem?

- Vinte e poucos anos - disse Bumpus. É um bom garoto.

- Oh, você não acha que ele pareça assim tão jovem, acha? Nicholas, aqui está Dickie dizendo que o Sr. Burgess parece ter vinte e poucos anos e que é um bom garoto! Ele não está aqui para parecer com um dos garotos... Será um aborrecimento se os pais perceberem como ele é jovem. Com o Nicholas não fazendo nada e o Sr. Merry não tendo formação, só resta o Sr. Burgess como modelo para os garotos. Naturalmente a Srta. Basden é melhor do que os três juntos. Mas os pais não levam mulheres em consideração.

- Isso é irracional da parte deles - disse Bumpus - já que um a cada dois deles é uma mulher.

- Talvez seja assim que eles saibam disso - disse Emily. Mas o Sr. Burgess só não completou o último ano de faculdade porque não tinha recursos para se manter, e já passou aqui dezoito meses, então já é tempo de ser alguém.

- Então ele não se diplomou? - perguntou Bumpus.

- Não, mas ele lutou pelo diploma durante o primeiro ano em que esteve aqui.

- Eu não sabia que se podia fazer isso em Oxford ou Cambridge - disse Masson.

- Não penso que foi Oxford ou Cambridge - disse Emily. Não seja fuxiqueiro e esnobe, William.

- Bem, mal se percebe que ele não teve as melhores vantagens - disse Bumpus.

- Espero que não, ao menos para os pais. Somente o Sr. Merry é quem realmente mostra não possuir educação e o Sr. Merry sabe fazer de tudo. Não é generoso da parte dele passar a vida dando aos outros o que não teve para si próprio?

- Por que não transfere as preces para ele e depois se aposenta, Herrick? - perguntou Bumpus. Se ele souber ler, claro.

- Seria uma ousadia fazer qualquer mudança - disse Masson.

- E ousadia não combina com religião - disse Emily - onde temos de nos humilhar e ser rebaixados. O Sr. Merry sabe ler. Eu o ouvi um dia, lendo. Mas naturalmente Nicholas tem de ler as preces. Você deve providenciar isso, Dickie.

- Sim, sim, vou providenciar - disse Bumpus.

- Você foi tão óbvio, Richard - disse Masson.

- Querido Sr. Merry! - disse Emily. Ele não é tão óbvio assim, é? Nos sustentar a todos, de maneira que pensem que é Nicholas quem faz o trabalho! Realmente acho que isto não é tão óbvio assim.

- É de bom tom - disse Herrick.

- Você faz a sua parte, querido - disse Emily. Tudo diz respeito ao tempo que as pessoas gastam com as coisas. E existem aquelas centenas de crianças abandonadas que nunca vemos, subindo hoje do porão. Eu queria que Dickens estivesse vivo para denunciar as escolas. Parece que o Sr. Merry parou de olhar para a Sra. Merry como se ela fosse um bichinho de estimação mudo que o compreendesse.

- Eu entendo o Merry - disse Bumpus.

- Claro que entende - disse Emily. Esse é um aspecto que admiro muito em você. Precisamos ir andar por aí com você em sua toga, Nicholas. Me faz sentir nauseada que o Sr. Merry não precise trabalhar mais duro do que o resto de nós. E é tão humilhante que ele não tenha uma toga. Eu gostaria de consertar o seu paletó, querido. É realmente humilhante que suas roupas sejam consertadas pela Sra. Merry, como se você fosse um dos garotos.

- Eles sabem que não podemos fazer muito - disse Herrick. Mas Burgess pode ser ajudado e ele se apresenta como se desejasse parecer mais velho.

- Bem, ele tem o coração no lugar certo - disse Bumpus.

- E, de todo o modo, eles perceberiam que não temos ninguém mais maduro para o lugar dele - disse Emily. Mas ele imita o Nicholas, de forma que parece que a influência de Nicholas permeia a escola, e isso não é bom. Mas então perguntam, e percebem que não, o que também é mau.

- Fletcher é quem vai entregar os prêmios - disse Herrick. Tem de ser um pároco, não sei por quê.

- Bem, Deus é quem dá recompensas - disse Bumpus.

- É uma grande coisa que Burgess na sua idade não seja um pároco - disse Masson.

- É um grande sucesso para ele. Imagino se ele mesmo já pensou nisso - disse Bumpus. Naturalmente ele não precisa pensar nisso.

- Gostaria que o Sr. Merry não olhasse para os meninos com tanta afeição - disse Emily. Isso faz Nicholas parecer tão hostil em comparação a ele. E nem falemos de como pareço em comparação à Sra. Merry, tão pouco maternal! Suponho que ninguém confundiria o Sr. Burgess com um garoto, ou esqueceria da Srta. Basden!

- A Srta. Basden não gosta de ser esquecida? - perguntou Masson, como alguém que gostasse disso para si mesmo.

- Ela é mórbida quanto a isso - disse Bumpus. Não falei com ela, mas percebo que sim.

- Não aja como se fosse superior às mulheres, principalmente àquelas que trabalham, Dickie - disse Emily. É tão revelador da sua parte. E não falar com a Srta. Basden, quando, se não fosse por ela, você teria de sustentar a maioria de seus amigos mais próximos! Você também acharia isso muito difícil de fazer. Creio que a Srta. Basden não deve achar fácil.

- Teremos uma grande multidão? - perguntou Herrick.

- Bem, assim esperamos - disse Masson.

- Quanta generosidade de vocês, se identificarem assim conosco! - disse Emily. A maioria dos pais deve vir. Espero que eles não desejem investigar como as coisas são, ou se convencer de que tudo está adequado, ou qualquer coisa assim.

- Você fará o discurso de improviso, Herrick? - perguntou Masson.

- Nicholas não pode gastar o seu gênio em discursos para meninos - disse Emily. Ele tem que guardá-lo para o seu livro.

- As pessoas em geral não fazem discursos de improviso - disse Bumpus. Merry é que o fará.

- Sempre pensei que alguém de fora fizesse o discurso - disse Masson. Que o usual para os professores era não elogiar a sua própria escola, entre outras coisas.

- Você pensou que não fosse obrigação de Merry? - perguntou Bumpus. Então o que você pensou que ele faria hoje?

- Vocês sabem que ninguém de fora é chamado para fazer qualquer coisa aqui - disse Emily. O Sr. Merry é quem faz tudo. E você não deveria chamar Nicholas de alguém de fora, quando nosso objetivo hoje é provar o contrário. Agora precisamos ir e servir sob as ordens do Sr. Merry.

- Eles também servem quem fica parado e aguarda - disse Bumpus.

- Não repare quando você vir Nicholas não sendo ele mesmo - disse Emily. Seu verdadeiro 'eu' não age assim. Agora suba e aperte a mão da Srta. Basden. E não se curve ou faça piadas com o Sr. Burgess como se ele fosse jovem.

A Sra. Merry e a Srta. Basden conversavam em um tom leve, com uma nervosa desatenção sobre o que diziam.

- Como vai, Srta. Herrick? - perguntou a Sra. Merry.

- Oh, Sra. Merry, o que a senhora está fazendo? - perguntou a Srta. Basden.

- Pobre da Srta. Herrick, tão esquecida! - disse o Sr. Burgess, adiantando-se para Emily, com as mãos sob a toga, e atraindo o olhar do Sr. Merry.

- Oh, realmente, Srta. Herrick! Bem! O que estou fazendo? É minha obrigação cumprimentar todas as pessoas!

- Sim, Mãe - disse o Sr. Merry inquieto.

Herrick subiu no palco de beca e capuz, com uma expressão que chamava a atenção de todos. O Sr. Burgess, consciente de semelhante elegância, tomou o seu lugar perto dele, trocando palavras breves. O Sr. Merry, que não tinha direito a beca e capuz, subiu atrás deles e ficou observando os meninos com um ar de carinhosa compreensão

- Bem, não sou muito de fazer discursos. O que faço é ensinar a meus alunos e estar com eles e dar toda a atenção aos meus garotos. Mas o que desejo dizer a todos é que estou contente por ver todos vocês entre nós, no dia de hoje; que minha mulher está contente; e que meus gentis ajudantes estão contentes; e que o Sr. Herrick e a Srta. Herrick, a quem vocês de fato vieram ver hoje, estão contentes. Realmente, estamos todos contentes em estar juntos para celebrar o bom trabalho feito por nossos garotos, pelos seus garotos e pelos meus garotos, porque tenho garotos, embora eu realmente só tenha garotas, se posso soar um pouco irlandês para um mestre-escola. E os prêmios não são apenas ganhos por aqueles que os ganharam, embora isto soe irlandês de novo, pois não exageramos ao fazer as coisas sempre da maneira tradicional. Assim, veremos os premiados receberem seus prêmios e os merecedores de prêmios - e o Sr. Merry dirigiu o olhar aos meninos com terno orgulho - demonstrarão como estão contentes por terem ganhado prêmios, o que soa mais irlandês do que nunca.

O Sr. Merry desceu os degraus entre os aplausos dos garotos. O Sr. Fletcher fez sua parte com a ajuda secreta de uma folha de papel. O menino mais jovem presenteou a Sra. Merry com flores.

A Sra. Merry tomou seu lugar atrás de uma mesa que, como por providência do destino, fora abastecida com xícaras e uma urna.

- Bem, Sr. Merry - disse um pai - o senhor não pôs o meu filho entre os premiados, pôs? Naturalmente não quero dizer isto, mas ele não vai entrar para a premiação, vai?

- Ah, seu filho - disse o Sr. Merry, que conhecia a péssima política de honestidade dos pais - também é um menino agradável! Não, ele não vai ganhar prêmios hoje. Não, ainda não. Mas te digo uma coisa - e a voz do Sr. Merry tornou-se íntima - se eu tivesse um filho, gostaria que ele fosse como o seu garoto. Te digo isto.

O Sr. Merry continuou caminhando e parou junto à mesa da Sra. Merry.

- Agora, Mãe, agora, não fique nervosa à toa, o resultado de tudo isso é que você está cansadíssima, é visível.

O Sr. Merry não pretendia que essas palavras fossem ouvidas por todos, mas estava mais preocupado com os sentimentos que as geraram do que com a altura de sua voz.

- Agora, Mãe, está tudo certo, Mãe. Você só exagerou um pouquinho. Foi só isso. Sabemos o que é. Não julgamos nadinha de nada - disse o Sr. Merry se referindo ao fato de a Sra. Merry estar em lágrimas. É só porque você cuida de nós todos demasiado bem. Isto é o que é.

- Bem, Sr. Merry - disse outro pai. O que o senhor tem a dizer sobre estes dois meninos, sobre meus filhos?

- Ah, esses camaradinhas! Minha mulher tem um lugar especial em seu coração para eles.

- E como eles vão com seus livros? Temo que John seja um desmiolado. Será que essas longas férias de agora são mesmo uma boa coisa?

- Ah, Joãozinho! Bem, alguns garotos não têm cérebros para desmiolar. É tudo trabalho e nenhuma folga, o senhor sabe!

- Ele gostaria de não ser chamado de Joãozinho - disse uma irmã mais crescidinha, que estava com o pai.

- Não gostaria? - perguntou Emily. Nem quando os mantemos apenas até os quatorze anos? Mas os jovens são cruéis.

- Ah, Srta. Herrick, a senhorita pode falar do seu jeito - disse o Sr. Merry. O senhor conhece a Srta. Basden, não conhece, Sr. Bentley?

- Não, creio que não - disse o Sr. Bentley com simplicidade.

- Ora, ela está sempre aqui, Pai. Todo ano - disse a filha. Como vai, Srta. Basden?

- Ela está sempre aqui. O ano todo está aqui conosco - disse o Sr. Merry dando uns tapinhas nos ombros da Srta. Basden. Sempre aqui, de forma que as pessoas não a percebem mais do que a nós mesmos. Porque ela é uma de nós, se ela assim o desejar, não é Srta. Basden?

- Você percebe a diferença entre as pessoas comuns e o Sr. Merry? - perguntou Emily para

Bumpus. E você falou que não conhecia a Srta. Basden. Você se enfileira com as pessoas comuns.

- Eu suspeitava disso - disse Bumpus.

- O Sr. Herrick vai publicar um outro livro, não vai? - perguntou o Sr. Bentley. É sobre um assunto que os meninos poderiam tirar proveito... digo, um assunto pelo qual poderiam se interessar?

- Oh, bem, bem, o senhor sabe, se o Sr. Herrick escrevesse sobre um assunto só, então o livro não seria dele; não combinaria com o Sr. Herrick. E escrever para garotos! Bem, não poderíamos esperar isso dele. Mas existe nossa atmosfera, aquilo que temos a oferecer, que outras escolas não oferecem. E isto somente o Sr. Herrick pode fazer por nós. E é o que ele faz. Gostaria de ter tido isso quando jovem. Talvez então eu não me tornasse um mestre-escola. Seria outra coisa. E espero que os seus rapazotes o sejam. Espero que sim. E, que Deus os abençoe, eu não me surpreenderia.

O Sr. Merry apertou a mão do Sr. Bentley.

- Bem, Sr. Burgess, o senhor estava falando, não estava, Sr. Burgess? O que há sobre esta teoria de que nós não desejamos férias longas? Isso não está em seu programa, está?

- Bem, ouso dizer que, de certo modo, está, Sr. Merry. Logo que eu me tornei um mestre-escola, pensei que jamais me acostumaria com interrupções ao trabalho. Mas confesso que estou me reconciliando com isto. Temo ser esta a maneira dos professores.

- Oh, bem, isso sim é um discurso, Sr. Burgess. Mas o que o senhor teria feito se não tivesse se tornado um mestre-escola?

- Ah, o senhor está desviando do assunto, Sr. Merry.

- Absolutamente não. O que o senhor teria feito se não tivesse escolhido o magistério?

- Não, não... Voltemos ao que interessa, Sr. Merry.

- O Sr. Burgess parece bastante apegado a esta questão - disse a Srta. Basden.

- Ela deveria interessar até mesmo ao mais humilde educador, Srta. Basden - disse o Sr. Burgess, fazendo uma reverência.

- Bem, o Sr. Merry é um educador, suponho que o senhor concorde com isto? - perguntou a Srta. Basden.

- Certamente - disse o Sr. Burgess.

- Ah, nós nos entendemos, não, Sr. Burgess? - disse o Sr. Merry. Com sua gentil ajuda, Srta. Basden, e como a senhorita nos ajuda...

- Bem, não foi tão degradante como das outras vezes, não é? - perguntou Emily quando os quatro se acomodaram no estúdio de Herrick. Ninguém falou comigo como se eu fosse uma empregada. E com você, Nicholas?

- Tudo correu admiravelmente bem - disse Herrick. Admiravelmente bem. Eu me diverti bastante. E me senti bastante orgulhoso da escola. Sempre pensei que uma escola fosse algo do que deveríamos nos orgulhar. E Merry se superou.

- Eu vi você se divertindo - disse Emily. E também se orgulhando da escola. Foi encantador. Mas achei as elucubrações mentais do Sr. Merry sensíveis demais para serem um mero divertimento. Uma grande mente sob tortura é uma coisa terrível demais para se desfrutar. E ele nem sempre se superou; mostrou-se realmente discordante ao falar com o Sr. Bentley sobre os seus garotos.

- Oh, mas somente com aquele tipo de camarada - disse Herrick.

- Como você pode ser tão inconsequente? - perguntou Bumpus. Ou esta é a atitude para se ter sucesso?

- Com Merry atrás, há de funcionar - disse Herrick.

- Teremos de acalmar o Sr. Bentley - disse Emily. Mas temo que não funcione, querido. O Sr. Bentley não gosta tanto de termos o Sr. Merry por trás de tudo como você pensa.

- E como você fará isso? - perguntou Bumpus. Fazendo Merry se desculpar?

- Convidando o Sr. Bentley para jantar - disse Emily. Estar uma noite com Nicholas ensina mais do que tudo. E é difícil para eles se comportarem como patrões quando já foram nossas visitas. Devemos convidar o Sr. Bentley enquanto a casa ainda estiver desarrumada, e convidaremos também os Fletchers.

- Uma casa desarrumada é melhor para um jantar? - perguntou Masson.

- Claro, disse Emily. Esta saleta deverá ser tomada por sala de visitas e uma das salas de aula será transformada em sala de jantar, e o porão-refeitório dos garotos deve ser omitido, porque não combina com nada. E não podemos esperar que a Sra. Merry faça isto com frequência.

- Não, não podemos - disse Herrick.

-Você terá de consultá-la sobre o jantar, querido - disse Emily. Ela é incapaz de conversar com você, então não saberá dizer não.

- Por que você não pode consultá-la sempre que quiser algo, se ela não consegue dizer não? - perguntou Bumpus.

- Você é tão pouco viril a respeito da Sra. Merry, Dickie - disse Emily.

- Eu me sinto bem pouco viril a respeito dela - disse Bumpus.

- E eu me sinto efeminado pedindo isso a ela - disse Herrick.

- Você acha que é pouco feminino da minha parte pedir isto a você? - perguntou Emily. Eu não tenho a verdadeira coragem feminina. Estou sempre entre homens. Mas como você entende dos problemas domésticos, Nicholas! Você é melhor nisso do que Dickie ou William. Isso só pode significar que existe em você uma mistura de feminino e masculino, o que pertence somente às pessoas geniais. Estou tão esperançosa a respeito do seu livro.

- Ah, Herrick, o tempo da revelação está próximo, não? - perguntou Bumpus.

- Sim, sim, está - disse Herrick. Está cada dia mais próximo, realmente. E será algo como uma revelação para mim também. Porque o meu livro expõe realmente um novo ego em mim, um ego que eu mal tinha consciência de que estivesse lá.

- Sim, livros são estranhos dessa maneira - disse Bumpus. Mas meu livro mostra um lado velho para mim... e um novo também, acho que poderia dizer isto, um lado que acredito ter ficado escondido por vinte anos. Imagino se algum de vocês encontrará o meu lado velho nele.

- Suponho que esta é a diferença entre um autor e um homem comum - disse Emily. Porque naturalmente deve haver alguma diferença. Um autor faz coisas a partir de um novo ego, ou de um velho ego, e um homem comum só faz coisas a partir de seu ego comum, como se estivesse sempre fazendo coisas comuns, o que na verdade ele está. Estou feliz que o livro de Nicholas seja escrito por um ego novo, porque o anterior não poderia escrever um livro apropriado a um mestre escola; não poderia escrever algo que um professor escreveria.

- Você se lembra como Herrick disse uma vez que poderia viver sem Emily? - perguntou Masson, quando ele e Bumpus saíram da casa.

- William - disse Bumpus - você sabe que há uma coisa que eu poderia fazer por você, se você quisesse? Digo, se você quiser se casar com Emily, isso pode ser facilmente resolvido com o Herrick. Você teria de viver com ele, claro. Mas isso seria fácil. Ou ele teria de viver com você. O que também seria fácil. Você é um homem rico. Bem, eu colocaria Emily a par do assunto, se você não encontrasse ocasião. E eu poderia lhe dizer o que ela pensa. Eu faria o meu melhor, faria o certo, para ambos.

- Richard, vou te dizer uma coisa - disse Masson. Estou muito grato por te compreender. Sei o que isto pode significar para você. Eu aceitaria isso, se precisasse. Eu aceitaria qualquer coisa vinda de você. Mas se eu quisesse me casar com Emily, se ela quisesse se casar comigo, isso teria sido o suficiente, e eu teria pedido a mão dela há anos. Para ser franco, eu não teria pensado em Herrick. Eu pediria a sua mão hoje mesmo, se o meu desejo fosse este. Eu mesmo pediria a mão dela, como o homem comum que sou.

- Claro que você pediria - disse Bumpus. Compreendo agora. Eu não havia compreendido antes. Mas minha intenção foi a melhor possível. Acho que você sabe disso.

- Eu aceitaria qualquer coisa vinda de você - disse Masson. Mas queria que você compreendesse meus sentimentos em relação a Emily. Sinto tudo o que você supôs. E espero que ela sinta algo por mim. Espero e creio nisso. Pois isso significa uma grande coisa em minha vida. Mas você é mais necessário para mim, como o irmão dela é para ela. Mas isso não quer dizer que você e ele venham exatamente em primeiro lugar para cada um de nós. Compreende?

- Sim - disse Bumpus - acho que sempre compreendi.

# 5

- Os meninos já estão vindo? - perguntou o reverendo Henry Bentley.

- Eles não estão mais no quarto, Pai - disse sua filha.

- Perguntei se eles já estão vindo.

- Eles não estão em seus quartos, Pai. Estamos todos um pouco atrasados esta manhã.

- Sei que estamos atrasados. Eu perguntei a você se eles já estão vindo.

O Sr. Bentley tocou a sineta e tomou o seu lugar. Ele era um homem espigado, de cabelos brancos, com os seus cinquenta anos. Tornara-se pároco e era o filho caçula, tendo demorado a receber sua parte da herança.

Dois meninos de doze e treze anos apareceram no aposento dizendo: "bom dia, Pai".

O Sr. Bentley simplesmente dirigiu os olhos para eles, enquanto o mais jovem demonstrava um comportamento natural de gratidão, se curvando de forma meio travessa.

A filha era uma mulher alta e jovem de trinta anos, com um queixo pontudo e uma boca pequena, contraída e pacífica. Ela era a filha do casamento anterior do Sr. Bentley, que era viúvo pela segunda vez.

- Sinto muito por estarmos atrasados, Pai.

O Sr. Bentley não olhou para ela. Curvou a cabeça sobre o café da manhã com um ar de quem não partilhava do contentamento geral. Delia ergueu um pouco a cabeça depois da pausa. Havia nela algo que sugeria ter se lembrado do atraso dos meninos.

- Teremos uma caminhada cheia de vento até a capela do campus - disse o Sr. Bentley.

- O que o senhor disse, Pai? - perguntou Delia.

O Sr. Bentley não respondeu.

- Teremos uma caminhada cheia de vento até a capela - ele repetiu em uma voz ainda mais baixa.

- O que o senhor disse, Pai?

O Sr. Bentley permaneceu em silêncio.

- O senhor gostaria de almoçar à uma da tarde ou à uma e meia, Pai?

O Sr. Bentley permaneceu calado.

- Pai, acho que o senhor me ouviu.

- Uma vez que a moda desta manhã é a surdez, posso também segui-la. Posso perguntar quantas pessoas me ouviram?

- A que horas o senhor chegou em casa na noite passada, Pai? O trem estava atrasado?

- Eu caminhei da estação até aqui. O trem não estava atrasado. Mas não é uma distância que se possa caminhar em um minuto.

- O senhor é tão disciplinado, Pai. Deveríamos todos imitá-lo.

- Eu deveria deixar de fazer o melhor que posso em todas as situações, dada a pouca atenção que vocês me dão. Estou ficando cansado destas coisas. Não posso dizer que não esteja. Quanto a me imitar, outras pessoas em minha casa certamente não deveriam fazer menos do que eu. John, se você é incapaz de controlar a sua agitação, o melhor é se retirar. Não suporto isso.

Houve um longo silêncio.

- Você não tem nada a dizer esta manhã, Harry? Ninguém imaginaria que eu o envio a escola do Sr. Herrick, para depois você se sentar como uma pedra, como se não soubesse abrir a boca.

- Não, não tenho nada a dizer, Pai.

O Sr. Bentley olhou ao redor.

- Não pense que vou prender o senhor aqui, Pai - disse Delia.

- Sou incapaz de pensar isso. Vou escrever. Tenho muito o que fazer antes de irmos à capela. Você terá bastante tempo.

A escrita do Sr. Bentley aparentava dizer respeito a sua propriedade, o que reforçava a sua posição de provedor da casa.

Quando estavam voltando da capela, o Sr. Bentley se pôs a falar.

- Um camarada intelectual, aquele capelão. Ele nos deu um sermão para pensar, um sermão com bastante coisa dentro. Ouso dizer que é normal que os garotos não aguentem ouvi-lo.

Delia estava em silêncio.

- Ficarei contente de verdade quando o narcisismo deles chegar a um ponto que justifique eu lhes pôr para fora. Começo a pensar que eles já estragaram minha casa por tempo demasiado.

Delia estava em silêncio e o Sr. Bentley virou-se para os meninos.

- Vamos, vamos, andem um pouco mais rápido. Finjam que não estão completamente entregues à autoindulgência! Oh! A autoindulgência é uma coisa que não tolero em minha família.

O menino mais velho não percebeu quando o almoço foi servido. O Sr. Bentley encaminhou-se para a mesa vagarosamente, com uma expressão de desagrado com qualquer demonstração de pressa por parte dos seus filhos.

- Harry, por favor, pare de mexer o pé dessa maneira irritante.

- Ah, não percebi - disse o garoto. O senhor falou comigo?

- Acho que não. Creio que não falamos nada desde que entramos aqui. Mas imagino que espécie de experiência deva ser nunca estar desperto, ou atento a qualquer coisa fora de si próprio. Imagine que resultado teríamos se eu houvesse passado minha vida num estado de letargia, sem nenhum pensamento a respeito de qualquer outra coisa além de mim mesmo. Seria uma coisa ótima para os outros. Realmente, às vezes fico cansado de me negar a mim mesmo, não aspirando a nada em minha própria vida, e me entregando sempre às obrigações que surgem.

- Fui eu quem desencadeei tudo isso, Pai?

- Você? Oh, sim, você é certamente a figura mais proeminente em qualquer coisa que fazemos aqui.

- Eu não posso mudar minha natureza - murmurou o garoto.

- Sua natureza! Sempre que você abre a boca é a mesma coisa. Você pode, claro, adequar-se às outras pessoas, como todos fazemos, como fiz durante toda a minha vida, muito mais do que você é capaz de entender. Se eu tivesse ilusões sobre... sobre a minha natureza, não sei o que teria acontecido com todos vocês.

De novo houve silêncio.

- Harry, que texto é este?

Harry respondeu imediatamente.

- John, que texto é este?

John teve um sobressalto, levantou os olhos para o teto, e seu pai desviou o olhar para o outro lado.

Decidiram continuar conversando sobre livros.

- O que você está lendo, John?

John deu uma resposta qualquer.

- Espero que você realmente esteja lendo algo.

- Oh, sim.

- E onde está o seu livro, Harry?

Harry se levantou e ofereceu um livro ao seu pai.

O Sr. Bentley deu uma olhada no livro e então foi para a sua mesa escrever. A caneta rasgou o papel.

- Me passe outra caneta - ele disse, virando os olhos para o filho mais velho, mas por algum motivo sentindo-se incapaz de pronunciar o seu nome.

- Harry, você está surdo ou é autoindulgente demais para se mexer?

Houve um silêncio.

- Meninos - disse o Sr. Bentley, com os olhos ainda fitando a caneta - parece que vocês agora se acostumaram a ficar conosco nas tardes de domingo. Não me lembro de ter exigido nada sobre isso. Como vocês não prestam para nada, acho que já tivemos o suficiente da companhia de vocês.

Os meninos desapareceram.

- Pai, o senhor precisa escrever mais alguma coisa hoje? - perguntou Delia algumas horas mais tarde. O senhor estará cansado antes que a semana comece. Será mesmo necessário?

- São questões urgentes, cartas de negócios sobre a propriedade onde vivemos. Eu não teria feito qualquer trabalho hoje se sentisse que poderia adiá-lo até amanhã.

- O senhor vai fazer alguma coisa esta noite, Pai?

- Não, acho que já fiz o suficiente por um dia, especialmente porque amanhã devo estar de pé e disposto às sete horas em ponto.

O Sr. Bentley havia escolhido o dia seguinte para uma inspeção de suas terras, isto é, ele se levantaria para tratar de seus negócios enquanto sua família ainda estaria descansando.

- São oito horas, Delia - ele disse, como se fosse impensável que a refeição da noite ainda não estivesse pronta.

O Sr. Bentley não era alguém que evitava, qualquer que fosse o motivo, o peso das tarefas.

- O que você fez durante todo esse tempo lá em cima, Harry?

- Oh, coisas diversas, Pai.

- Que coisas?

- Oh, coisas pequenas, comuns, Pai.

- Que coisas? Você deve saber o que esteve fazendo, não?

- Não estive fazendo nada em particular. Só estivemos lá em cima algumas poucas horas, Pai.

- Não perguntei quanto tempo você esteve lá em cima. Mas gostaria de saber quando você começará a fazer alguma coisa, Harry. Suponha que eu tivesse passado a minha vida sem nunca ter feito nada. Você teria uma vida muito diferente, em vez de ir todos os dias estudar com o Sr. Herrick, tendo sua educação paga sem nenhum problema para você. Em breve você perceberá a diferença... muito em breve.

Na manhã seguinte o Sr. Bentley desceu a escada lentamente. Estava atrasado para o trem, o que seria razão para futuros atrasos. Ele caminhou para o seu lugar usual com um ar de incerteza se deveria ou não permanecer ali.

- Toque o sino, Harry - ele disse, recolocando o guardanapo sobre o prato e se inclinando para trás para ler uma carta.

- O café da manhã está frio para o senhor, Pai? - perguntou Delia. Ficamos esperando e esperando o senhor, pensando se deveríamos levar o café para baixo para mantê-lo aquecido. Mas eu tinha medo de que ele ficasse muito ressecado.

- A sua dúvida de mandá-lo ou não para baixo para mantê-lo aquecido não serviu de muita coisa, se você já havia decidido que ele ficaria ressecado - disse o Sr. Bentley, que fez uma ou duas pausas em sua fala e não ergueu os olhos.

- Não pensei que o senhor demorasse tanto, Pai. O senhor já estava quase pronto quando passei no seu quarto.

O Sr. Bentley olhou casualmente para a filha. E então terminou o que ainda faltava fazer com uma grande lentidão e uma sensação amarga de ter sido espionado.

- Leve isso e me traga um mais fresco - ele disse à empregada.

- Delia, já podemos ir? - perguntou Harry.

- Peça licença ao seu Pai - disse Delia.

- Pai, podemos ir? Já passou o horário da escola.

- Se já passou o horário da escola, por que você não me perguntou antes? Por que perguntar senão na hora apropriada? E usando esta voz ridícula, como se me trouxesse algum benefício ter vocês aqui sentados. Vocês estão aqui para satisfazer os seus próprios apetites. Podem ir, claro. Não preciso de vocês.

O Sr. Bentley observou seus filhos enquanto eles deixavam a sala.

- Nunca encontrei um homem tão desafortunado com seus filhos. Autoconscientes, presunçosos, se comportando como palhaços! Ficam sentados, acreditando que sua companhia é uma grande dádiva, e então as primeiras palavras que proferem são sobre eles próprios. Sem se darem ao trabalho de dizer bom dia, mas falando com avidez logo que desejam sair atrás dos próprios passatempos. É inacreditável!

- Não acho que Harry esteja bem. Acho que uma de suas dores de cabeça está a caminho. Pensei nisso durante todo o café da manhã.

- E por que você não falou nada, se é que percebeu mesmo algo? Por que se sentou aí e não deu atenção a uma criança que você acreditava estar doente? Realmente, Delia. Melhor eu não acreditar nisso. É uma coisa dura, uma coisa dura, realmente dura. Posso não ter feito muito para conduzir meus filhos até onde gostaria que chegassem, mas meu exemplo não deveria tê-los levado a isto. Não deveria.

Delia se levantou e deixou o aposento.

O Sr. Bentley estava a ponto de segui-la, quando ela entrou novamente, forçando que ele esperasse. Ele ficou com a cabeça e os braços tão rígidos que estremeciam. Delia passou por ele e fixou os olhos no seu rosto.

- Venha, fale, Delia. Não faça mistérios. É a pior quebra das boas maneiras. Que segredo pode existir aí?

- Posso falar com o senhor, Pai?

- Falar? Claro que você pode falar. Pare com essa mania de fazer mistérios. Fale, e tente ser simples e direta.

- John e Harry voltaram para casa, Pai. Acho que eles querem falar com o senhor.

- Querem falar comigo! Querem falar! De todos os hábitos que minha família sempre teve... Chame eles, deixe que falem, faça que falem. Chega de tudo isso. Vocês fazem com que eu me sinta demasiado envergonhado.

- Deixe-me passar, por favor, Pai.

- Oh, não há nada que exija que uma pessoa se altere por causa disso. Eles voltaram porque "querem falar". Meus filhos são loucos por uma petição.

- Pai, precisamos saber se há alguma coisa com eles.

- Harry, John! Venham imediatamente e digam a sua irmã o que vocês desejam com ela.

- Bem, o que vocês querem, voltando da escola quando a manhã mal começou? Somos todo ouvidos. Falem logo para voltarem ao trabalho o mais rápido possível. Não gosto dessa facilidade em abandonar as obrigações por qualquer motivo.

- Tenho dor de cabeça - disse Harry. A Sra. Merry nos mandou voltar para casa para falarmos com Delia.

Delia saiu do aposento com o garoto.

- John, vá atrás de sua irmã e volte imediatamente para me dizer como está o seu irmão. Preciso saber se sou necessário aqui. Se for preciso, adiarei minha viagem.

- O senhor não será necessário, Pai. Harry nem mesmo queria que o senhor fosse informado.

- Oh, sua criança idiota e egoísta! Não consegue compreender que é preciso investigar o que é melhor para Harry? Você é incapaz de qualquer preocupação com o seu irmão? Precisa continuar sempre pensando de que modo as coisas devem ser arranjadas com o mínimo de aborrecimento para você mesmo? Ah, se eu pudesse fazer você entender isso! Mas já desisti. Como disse, vou ficar aqui hoje. Estarei pronto para ouvir o que precisa ser feito e fazê-lo.

John deu um pequeno salto.

- Veja, John, nem sempre é fácil fazer as pessoas verem o que é certo, quando estamos à frente de uma casa onde todos estão loucos para seguir o seu próprio caminho, seja isto correto ou não. É impossível fazermos o que é certo, meu garoto, com pessoas que não entendem, e minha família nunca compreende nada. Sinto muito lhe dizer isso, não podemos ser supérfluos, é mesmo um desafio. Mas você recordará o que seu pai fez hoje, quando eu não estiver mais a seu lado, e verá que isso não é fácil de se fazer.

John olhou seu pai com lágrimas aflorando nos olhos.

O Sr. Bentley passou a mão na cabeça do filho, subiu as escadas e ficou sozinho, repetindo seu discurso, acrescentando detalhes que não lhe haviam ocorrido antes.

Quando desceu novamente, viu que sua filha havia deixado cair uma colher que trouxera do quarto do doente. Ele olhou para a colher sem a intenção de ajudar Delia, sentou-se e abriu o jornal.

- Bem, tenho de seguir sob esta nova carga de ansiedade. Não é nada fácil para alguém que não pode se afundar de vez em seus próprios interesses. Ah, é um estorvo em muitos aspectos ser soterrado por coisas de outrem.

- Tenho certeza de que todos nos preocupamos com Harry. Mas ele não está realmente doente. E não é certo transformar uma besteira num grande problema.

- Você é uma jovem muito satisfeita consigo mesma.

- Muito satisfeita? Oh, acho que você não me conhece, Pai. E tenho certeza de que não tenho o direito de ser complacente ou estar satisfeita comigo mesma. Sou muitas coisas que não deveria ser. Estou absolutamente consciente disso.

- Você é uma jovem boa demais para ser autocomplacente.

- Acho que estamos todos um pouco abalados e nervosos.

- Seria ótimo se Harry superasse logo tudo isso - disse o Sr. Bentley. Ainda que seja improvável, suponho, em um caso de negligência como esse... embora, claro, o correto seja sempre fazermos tudo como se esperássemos que as coisas fossem acabar assim.

Houve um silêncio.

- Bem, juro, vocês fazem a vida de um homem muito difícil. Não sei o que fiz para me submeterem a isso. Tenho feito o melhor que posso por todos esses anos, fazendo o possível, sem jamais perder a paciência, sem pensar sobre o que eu poderia ter feito na vida. E agora, porque tento manter uma mão sábia e firme sobre as pessoas, para o seu próprio bem, e para impedi-las de se afundarem mais, mais e mais fundo. Por preocupação com eles. Por quem, senão por eles, eu gostaria de saber? E ter de suportar ser tratado como um tirano... como um monumento ao egoísmo, em vez de...! Oh, isso não merece discussão. Por que eu deveria discutir isto? Algumas pessoas tiram muito de outras; e algumas não têm nada, e mesmo assim dão tudo. É só isso, suponho.

- Lá vem John voltando da escola outra vez - disse Delia. Vou lá fora dizer a ele que não entre.

Delia era capaz de vingança.

- Oh, o que me importa ele entrar ou não? - perguntou o Sr. Bentley, com os olhos dilatados. Este não é o tipo de coisa a que devemos entregar o nosso pensamento. Não há tempo para pensar em mais nada.

Delia virou-se para a porta.

- John! - chamou o Sr. Bentley. Entre aqui e ouça o que deve ser ouvido a respeito de Harry. Não está certo que você não ouça sobre o seu próprio irmão. Não há dissimulações e alianças sobre falsas pretensões em minha família. Ah! Isto é o que faz as famílias romperem. Isto é o que conduz a tais perturbações.

- O senhor me chamou, Pai? Eu havia subido. Não escutei bem.

- Suponho que você me ouviu chamar, não?

- Sim, Pai. Por isso desci.

- Então imagino que não haja dúvidas. Realmente, John, você fala como se não estivesse bem da cabeça. Suponho, em todo caso, que você seja estúpido e infantil demais para te informarmos de qualquer coisa, mesmo aquilo que era certo que você soubesse. Saia então. Saia e se afunde em seus próprios assuntos. Não vou lhe contar nada.

Neste ponto a criada trouxe uma pequena carta de Emily.

- Você vê muito o Sr. e a Srta. Herrick? - perguntou o Sr. Bentley após a leitura da carta.

- Não, Pai.

- Com que frequência você os vê? Você sabe o que quero dizer.

- Muito pouco, muito pouco, Pai.

- Você vê quem quer que seja, se posso lhe perguntar? Você tem algo com qualquer pessoa? Com alguém que possa te ensinar um pouco das coisas?

- O Sr. Merry... e o Sr. Burgess... e a Srta. Basden... e a Sra. Merry, às vezes.

- Acho a Srta. Herrick um encanto - disse Delia.

- Oh, não seja tão explícita, Delia. Não seja tão direta assim. Todos nós sabemos disso. Isto é o que me fez perguntar. Isto é o que penso, claro. Bem, eu terei o que dizer quando formos àquela premiação.

Enquanto voltavam da premiação, o Sr. Bentley se pôs a falar.

- O vento deixa os passeios a pé excessivamente penosos. E parece que agora está sempre ventando.

- Sim, o vento parece estar sempre aqui. Espero que os meninos se lembrem de vestir seus casacos antes de voltarem para casa.

- Oh, voltar daquela escola? Espero que Merry os agasalhe bem e os vigie até saírem de vista, para ver se eles não pisam em poças. Me parece que este é o tipo de coisa que estão acostumados a fazer por lá.

Delia estava calada.

- Gostaria de encontrar, para os meninos, uma escola como aquela para onde os meus pais me enviaram.

- Não acho que o Sr. Merry seja um bonachão com os meninos como parece. Acho que este é apenas o seu jeitinho com eles.

- Não estou falando que ele seja um bonachão, ou que tenha um jeitinho. Estava dizendo que ele é um completo palerma. Nenhum homem sadio acreditaria em suas conversas se não as ouvisse com seus próprios ouvidos. Escutar estas coisas é o bastante para arruinar um garoto.

- A Sra. Merry é uma mulher muito agradável - disse Delia.

- Que diferença faz se ela é ou não uma mulher agradável? Isto não ensina nada aos garotos, nem os ajuda a encontrar um ganha-pão. E eu não sei se a Sra. Merry é ou não uma mulher agradável. Aposto que não. O que eu sei é tudo o que ela deixa de fazer.

Eles entram na casa em silêncio.

- Que raios devem estar fazendo os meninos? Jogando conversa fora? Servindo xícaras para pessoas que nunca viram? Gostam mais de servir a estranhos do que ao próprio pai.

- Eles têm de fazer isso, Pai. Mas não gostam.

- Não gostam! É a única coisa que John realmente gosta de fazer. Gostaria de ter filhos mais parecidos comigo.

Os meninos entram na casa.

- Oh, nós participamos da distribuição de prêmios! Harry foi premiado. Tivemos de servir o chá.

- Vocês gastaram muito tempo servindo o chá. Falei com o Sr. Merry sobre vocês. Ele não tinha muito a dizer. E, pelo que pude ver, vocês parecem ter muitíssimos amigos naquela escola.

Dando risadinhas tolas, falando sem parar, mesmo enquanto os prêmios eram distribuídos! Não parece que vocês não tenham amigos para convidar a sua própria casa, como dizem sempre que pergunto por que não trazem seus colegas aqui para termos uma ideia do tipo de pessoas com quem vocês convivem quando estão longe de nós o dia inteiro. E a que preço... Poucos deles foram bem educados como vocês, tenho certeza disso. Qualquer um pensaria que vocês teriam orgulho de apresentar-lhes o seu pai, a sua irmã, a sua casa. Não posso imaginar o que deixa vocês tão constrangidos. De uma vez por todas, o que é que há?

- Bem, não falem, não falem. Saiam para suas próprias ocupações, e se arranjem sozinhos, e não digam uma só palavra ao seu pai, que se sacrifica o dia inteiro para que vocês tenham todas as vantagens possíveis; que tenta sempre organizar alguma coisa a mais para que vocês possam estar bem. Saiam então e não falem nada. Comportem-se como meus filhos sempre fazem. Saiam para as suas próprias ocupações sem dizer nenhuma palavra.

# 6

- Eu espero, tio Peter, que o Sr. Herrick e o Sr. Bumpus me desculpem por não estar presente na estreia literária dos dois - disse Francis. Tenho muito pouco tempo disponível e sou obrigado a me privar de qualquer leitura recreativa, o que se aplica a este tipo de leitura pública. Assim, se você me desculpar com os autores, me despedirei antes que eles entrem. Embora eu admita que não seja muito gentil me recusar como audiência, quando sempre tenho uma audiência ao meu dispor. Nós, clérigos, temos essa injusta vantagem.

- Ah sim, pobres leigos! - disse a Srta. Lydia.

- O plano era para somente Peter e eu ouvirmos os livros - disse Theresa.

- Sim, sim - disse Francis, numa voz gentil. Então, suponho, posso me retirar com a consciência limpa às duras atividades que são o meu quinhão.

- Eu também devo me retirar às minhas duras atividades - disse a Srta. Lydia. Ah, os meus queridos rapazes e suas coisas! Como eles têm se interessado por tudo.

- Bem, ouvintes não costumam ouvir elogios sobre si mesmos - disse Bumpus ao entrar.

- Mas também não costumam ouvir algo tão ruim assim - disse Emily. O que dizer? Não se pode falar da própria gentileza, e é certamente uma gentileza de Dickie e Nicholas lerem seus livros para nós.

- Ah, sim, sim, tudo para o nosso proveito - disse a Srta. Lydia. Não devemos subestimar as coisas prazerosas...

- Bem, mas também não devemos sobrestimá-las - disse Herrick.

- Mas é possível sobrestimar esse tipo de coisa? - perguntou Emily. Bem, você mesmo que irá começar, ou sou eu quem deve iniciar a sessão? Não imagino outra pessoa fazendo isto. Peter te admira demais para falar, e Lydia não o suficiente, enquanto William e Theresa acreditam ser importantes demais para conduzir qualquer coisa.

- Bem, bem, acho que já podemos começar - disse Herrick.

- Sim, sim, comece, Herrick - disse Bumpus.

- Sim, é sua obrigação, querido - disse Emily. Dickie é parte da família e, portanto, deve ir sempre por último. Seria ignorar sua intimidade com a casa adiar as coisas.

- É tão bom poder ajudar de alguma forma - disse a Srta. Lydia.

- Eu não disse que Lydia não te admira o suficiente? - perguntou Emily.

- Realmente, ela tem tão pouca admiração por nós - disse Bumpus.

- Bem, ela matou qualquer desejo em mim, a não ser fazer simplesmente o melhor em tudo o que eu puder - disse Herrick abrindo seus papéis.

- Sim, precisamos manter Lydia por perto. Ela sempre impõe o ânimo certo às coisas - disse Bumpus.

- Oh, não, não, não posso ficar mais. Mas é bom ser desejada; obrigada, obrigada. E é tão bom ir embora para aquilo que realmente nos chama, sentindo que seríamos acolhidos também onde o chamado é menor, mesmo que não precisem de nós. Mas estou sendo chamada. Sendo chamada. Preciso ir às minhas obrigações.

- Estou tão orgulhosa de você por ter escrito um livro, Nicholas - disse Emily. E principalmente porque será reconhecido por tê-lo escrito. E estou tão cheia de remorsos por ter pensado que você não seria grande, quando aludia a tudo isso. Mas os grandes sempre perdoam.

- Bem, bem - disse Herrick - sabem, a ideia para o livro me acometeu naquela noite quando nos sentamos em turnos com o velho Crabbe. A coisa veio inteira a mim, justamente durante um pequeno serviço prestado a uma outra pessoa.

- Certamente foi uma grande recompensa - disse Emily. Naturalmente você a mereceu.

- Oh, Bumpus - disse Herrick olhando os papéis de Bumpus por sobre o seu ombro - sua frase inicial é igual à minha!

- Igual à sua? - perguntou Bumpus. Ora, não pode ser. Certamente não pode ser. Não deve haver nada em comum entre nossos livros.

- Dickie, não diga abertamente ao Nicholas o que você está pensando - disse Emily.

- Ora, o que há numa frase inicial? - perguntou Herrick. Todas as frases iniciais não passam de uma única frase, não é mesmo? Todos os livros têm que começar.

- Nicholas, você sempre teve fé em você mesmo - disse Emily. Vamos acabar logo com isso. Em todo o caso, você terá uma frase tão boa quanto a de Dickie. Vamos escutar o início. Esta deve ser a única parte que iremos aguentar.

- Sim, comece, Herrick - disse Bumpus. Seu livro já está pronto e o meu ainda não. Você é maior do que eu. Tem o próprio gênio à disposição.

- Tenho simpatia pela jactância - disse Emily. Espero que o Nicholas também.

- Sim, o livro está pronto, Bumpus, está pronto - disse Herrick. Pode ser a última e a única coisa, mas já é alguma coisa. Vocês podem todos se lembrar do dia em que o ouviram dos meus próprios lábios.

- Não estrague tudo me lembrando que eu posso ficar sem você e sem o meu ganha-pão - disse

Emily. Principalmente porque você não traz lá muito pão para nós. Dickie não está fazendo coisas como estas. Acho que te fiz uma proposta, Dickie. Mas não temos tempo de continuar a conversa agora.

- Meu livro não é exatamente esse - disse Bumpus. Tive alguns contratempos. Eu o esqueci no quarto do velho Crabbe na noite em que ele morreu, e ele foi jogado fora junto com as outras coisas. A doença de Crabbe trouxe o seu romance, Herrick, e atrasou o meu. Mas é melhor assim, agora eu posso reescrevê-lo.

- No quarto do velho Crabbe? Na noite em que ele morreu? - perguntou Herrick. Você disse que deixou o seu livro no quarto, foi isto, Bumpus? Ah, sim, foi uma noite triste aquela, para todos nós. O querido velho Crabbe. Sempre me perguntei por que ele nunca escreveu nada. Sempre me perguntei isso. Você deixou o seu livro no quarto, foi isso que você disse, não foi, Bumpus?

- Ele nunca escreveu. Nem uma linha sequer - disse Bumpus. Ele era feito de outro barro. Sim, deixei a única cópia do livro no quarto, a cópia datilografada. Eu sempre rasgo o manuscrito. E a cópia foi jogada fora com as coisas dele. E reescrever significou retrabalhar todo o livro. Há de se tirar proveito da situação. Mas não me é nada fácil escrever. O melhor se perdeu na primeira versão. Bem, contei o meu conto. A melhor parte do livro está lá onde estiver. Não que isso importe alguma coisa agora.

- Você não pode escrever a primeira versão outra vez? - perguntou Emily, sem olhar para o irmão. Você poderia reavivar o livro em sua memória. Um livro, quando escrito, dificilmente desaparece. Eu e William somos as únicas pessoas sobre quem Nicholas não tem influência. Isso me faz admirar o Nicholas, mas não você.

- Bem, alguém realmente conseguiria fazer isto? - perguntou Bumpus. Tendo-o escrito uma vez... Além disso, esse tipo de coisa vem e vai. O livro existe por conta própria uma vez que foi colocado no papel. Mas eu confesso que gostaria de ser capaz de recuperá-lo, e então receber os créditos por ele.

- O livro existe por conta própria quando colocado no papel! - disse Emily. O livro era realmente bom, não era? Então desejo que você receba os créditos.

- Talvez alguém devesse começar a leitura - disse o Sr. Fletcher.

- Talvez os livros devessem ler a si mesmos - disse Theresa.

- Emily, Emily - disse Herrick. Por favor, desculpe a minha irmã, Bumpus. Ela realmente me desanima de ler o meu próprio livro. É isso mesmo. Escutaremos hoje então somente o seu. De qualquer forma escutaremos o seu antes. Como o seu não está terminado, qualquer coisa de que não gostarmos, poderemos imaginar que não estará na versão final. Então é mais fácil para você.

- Por que o primeiro precisa ser o último, e o último o primeiro? - perguntou Bumpus. Diferentemente do seu, o meu não aguentará uma leitura. Sabemos onde está o meu livro de verdade.

- Ora, o seu também será satisfatório, Dickie - disse Emily. Temo que muito melhor. Você pode ver que Nicholas está assustado demais para ler o dele agora que a hora chegou. E talvez seja um bom sinal. Os bons escritores sempre experimentam momentos de depressão a respeito do próprio trabalho, e os sintomas do Nicholas foram tão graves. Você parece tão bem.

- Bem, bem, então começarei - disse Bumpus. Mas gostaria que não fosse este o livro que eu estivesse lendo.

- Richard - disse Masson, numa voz rápida e inexpressiva - sabe a cópia do seu outro livro, que você me deu pensando que era ilegível e que não servia para nada? Acho que agora é a hora de te contar que eu guardei aquela cópia. Eu a coloquei numa gaveta... quando não havia dúvidas de que o livro não seria publicado. Não me senti suficientemente seguro para destruí-lo eu mesmo. Então eu o tenho e se você quiser pode usá-lo.

- Você o tem? Você guardou a cópia? Aquela cópia que eu lhe dei há tantos anos e que eu estava prestes a queimar? Oh, eu me lembro agora. Você não a tinha lido, não é? Íamos queimá-la sem você ter lido?

- Eu não a li naquela época - disse Masson. Raramente leio um livro que não seja científico, como você sabe, mesmo livros de amigos meus. E eu simplesmente não lia naqueles dias. Mas antes de destruí-lo, eu o li, para ter minha própria impressão de alguma coisa sua. Eu sabia que abusava da nossa intimidade. Mas então fiquei inseguro quanto a destruir aquela cópia. Eu não falaria do assunto se você não tivesse confessado o desejo de ter o livro, e já havia providenciado para que ele fosse queimado após a minha morte. Pode parecer que eu tenha assumido responsabilidades demais. Mas eu me sentia incapaz de fazer diferente. Me parecia a única solução.

Houve um silêncio geral.

- Oh, bem, vou dar uma olhada nele de novo - disse Bumpus. Pode ser que não seja tão bom como pensei. Mas são boas-novas para mim, em certo sentido. Obrigado, William, obrigado. Vou tentar usar a cópia, claro. Deixarei este livro de agora descansando e vou retornar ao antigo o quanto antes. Afinal é uma tolice não mudar de ideia quando, na realidade, já mudamos. E mostrei a vocês como mudei.

- Sim, até mesmo William - disse Emily. E é uma oportunidade para se elevar acima da timidez e da convenção e de outras coisas. Seria terrível desperdiçar uma ocasião como esta.

- Bem, não vou desperdiçá-la - disse Bumpus. Prefiro trabalhar no outro livro. Não poderia mexer nos dois ao mesmo tempo. Ouso dizer que não deve ser tão bom assim. Eu era muito jovem. Mas não acho que possa discordar de você, William. Ou de mim mesmo. Então não vou ler o livro hoje. Ele ficará na estante por enquanto. Não há amigo melhor que o tempo.

- E eu também não vou ler o meu - disse Herrick. Também vou esperar outro dia. Não seria uma boa coisa lê-lo agora. Eu mesmo não teria nenhum interesse. Meus parabéns, meus parabéns, Bumpus. Estou contente, muito contente por você. Acho que você sempre será o nosso homem de letras. Afinal de contas, tenho muitas dúvidas sobre o meu próprio livro. Sinto uma avalanchc de dúvidas a respeito dele. Ainda levarei um tempinho para terminá-lo. Acho que serei como o Crabbe, um homem que todos os amigos achavam que deveria ter publicado, mas que nunca o fez. Mas como ele, espero dar coragem aos meus amigos.

- Não, não, não. Que lógica existe nisso? - perguntou o Sr. Fletcher. Por que deveríamos ser privados desses livros? Você pode ler o seu, certamente, Richard, e depois pode continuar escrevendo e terminá-lo, antes de começar o outro. E precisamos ouvir o seu, Herrick, se não agora, muito em breve. O que se passa com vocês dois?

- Não poderia ler este livro hoje - disse Bumpus. William me desviou dele, me atirou de volta no outro. Não conseguiria agora tirá-lo de minha cabeça. Estou pensando nele neste momento. Não vou voltar a este antes de terminar o outro. E pode ser que agora ele tenha de ser remodelado à luz do antigo. Um homem não pode separar seus próprios livros por completo. Eu posso ter posto algo de um no outro. O antigo me era tão próximo. Mas ouso dizer que não era tão bom, realmente. Quando jovem, eu levava as coisas muito severamente. Bem, bem, vamos deixar tudo de lado. Como vocês são pacientes comigo! E já está quase na minha hora.

- Que visão estamos tendo da mente dos escritores! - disse Emily. Nenhum espanto que não sirvam para coisas que não conseguem exatamente controlar. Dickie e Nicholas provaram que são mesmo autores. Mas o que eles são além disso ainda não sabemos. Nicholas, você precisa trabalhar mais em seu livro, para compensar não ter escrito outro em sua juventude. É uma pena você não ter escrito antes. Isso o faz agora tão inferior ao Dickie, e alguém que teve tanto tempo para fazer outras coisas e não as fez.

- Oh, acho que vou deixar meus livros ao léu e me interessar pelo trabalho do Richard - disse Herrick.

- Mas então não vamos escutar os livros? - perguntou Masson.

- Não é você quem deve se lastimar - disse Emily. Você já leu um dos livros do Dickie enquanto nós não lemos nenhum. E tenha compaixão pelo espírito errático dos gênios, porque ninguém deveria colocar-se inteiramente acima deles.

- Estamos fazendo isto de uma forma despudorada - disse Bumpus.

- Estão? - perguntou Emily. Para mim isso parece a única coisa que os autores não são: despudorados. Talvez fosse melhor para você ir embora, para evitar que levem os livros até a sua casa. Peter e William certamente estavam tentando isto.

- Dois livros na mão, e agora um outro na cartola - disse Theresa.

- Theresa, você é realmente a única espirituosa aqui - disse Emily. E o Gênio é espontâneo, e Dickie e Nicholas não parecem ser assim. É melhor você ir para casa, Nicholas, querido, e Dickie e William podem te acompanhar. Você precisa de um descanso, o que não pode acontecer rodeado de tanta grandeza. Dickie é grande intelectualmente e William moralmente. A grandeza moral é a melhor, embora eu sempre me pergunte se é isto mesmo. Vou falar com Theresa. Peter acompanhará todos vocês, não é Peter?

- Não é seu aniversário hoje, querida? - perguntou Theresa, quando as duas ficaram sozinhas.

- Sim, acredito que sim - disse Emily. É por isto que estou desanimada. Tenho cinquenta e um anos e não gosto muito de ter tão pouca vida à minha frente. Mesmo eu não gostando tanto de viver, o que é absurdo, e torna impossível planejar qualquer coisa para mim, o que pode ser feito neste caso?

- Você não gosta de viver, querida? - perguntou Theresa.

- Não - disse Emily. Claro que não. Este foi o pior aniversário de todos os cinquenta.

- E o que é que foi isso? O que foi tudo isso? - perguntou Theresa. Percebi algo e, entretanto, não sei muito bem o que percebi.

- Oh, Theresa - disse Emily. Você percebeu? Você percebeu? E ninguém mais percebeu? Os homens não perceberam? Eu sempre pensei que tinha uma mente masculina, mas ao fim e ao cabo devo ter um instinto feminino. Em qualquer outro dia, eu me envergonharia disso.

- Você não tem nada do que se envergonhar, querida.

- Não, mas Nicholas possui tão pouco - disse Emily. Por que ele não deveria ter um livro, quando o Sr. Crabbe já estava morto e não o desejava mais? Dickie achou que o livro não teria nenhum valor para o seu amigo morto. Depois de trinta anos pensando no assunto, ele encontrou um livro. E o que Dickie estava fazendo, ao esquecer um livro por ali, quando Nicholas desejava um com tanta força e não podia ele mesmo escrevê-lo? E Dickie sabia que ele não podia. De modo cruel ele nunca escondeu que pensava assim.

- O Sr. Crabbe? - perguntou Theresa. O Sr. Crabbe? Eu só havia entendido pela metade. O livro era do Sr. Crabbe? Pensei que Richard é que tinha deixado o livro no quarto. Oh, seu irmão pensou que o livro fosse do Sr. Crabbe? Oh, agora compreendo. Pensei que ele não conjecturasse de quem era o livro. Compreendo agora. Compreendo.

- Sim, foi isto, tenho certeza - disse Emily. Mas você vê um outro aspecto nisto tudo? Você entendeu o Dickie? O livro que ele deixou no quarto, que ele disse ter escrito de novo, era o seu primeiro livro, que foi enterrado com seu amigo! Tenho certeza de que era. Você também compreendeu a situação assim, quando ele e William estavam conversando? Ele não podia ler o próprio livro, porque William já o tinha lido. Claro, não tenho certeza. Mas talvez eu tenha. Esta é a razão pela qual Dickie está adiando nos mostrar o seu livro. É uma boa coisa que o livro não começou, como você sugeriu, a ler a si próprio.

- Oh! - disse Theresa. Então só havia um livro? Todos os três eram o mesmo livro? O do seu irmão, o do Richard e o que o William guardou? Todos eram o velho livro do Richard?

- Sim - disse Emily. Parece inteligente da parte de Dickie, não? Você jamais pensaria que um único livro iria tão longe. Dickie e Nicholas foram ambos maravilhosos administrando tudo isso. Você nunca pensaria que livros fossem algo tão difícil para eles. Pobre Nicholas, ele desejava tanto um livro. E sabia que o Sr. Crabbe estava morrendo e não tinha amigos, então ninguém poderia ter lido o seu livro. E como estava datilografado, não havia como reconhecer a caligrafia. Ele arquitetou tudo tão inteligentemente. Claro, isso piora muito a imagem dele. Mas talvez ele tenha esquecido tudo isto. Os criminosos também esquecem das coisas.

- Que horror! - disse Theresa. Então você acha que Richard lembrou do próprio livro e o escreveu outra vez? E então de novo depois de seu irmão ter... tê-lo roubado?

- Sim - disse Emily - ele teve um trabalhão, não teve? Mas era o seu próprio livro. Isso parece bom e estranho da parte dele. Vale o trabalho, realmente. Ele sempre dizia como seu livro o levava de volta à juventude. Ele quase nos contou. Levando tudo em consideração, ele foi realmente bastante honesto. E William tinha lido o livro, o que não é próprio dele. Deve ter sido algo próximo do seu coração. Porque claro que Dickie não estava procedendo corretamente.

- Suponha que qualquer um deles começasse a ler o livro - disse Theresa.

- Oh, eu estava com medo de que você fizesse essa suposição! *Lerem* o livro! Que desfecho horrível você propõe para tudo isso! E sua noção sinistra de que o livro pudesse começar a ler a si mesmo! Agora acredito em religião, e que nada nos é dado que ultrapasse nossas próprias forças. De qualquer maneira, melhor que não fosse no nosso aniversário. Se isto houvesse acontecido, Nicholas, Dickie, William e eu, e Peter, será que Peter sabe? Nunca mais poderíamos nos ver. E nenhum de nós conhece outras pessoas.

- Peter não percebeu nada - disse Theresa com convicção. E que coisa para o seu irmão você nunca ter se casado, querida! Sempre pensei que vocês seriam mais felizes. Se você e seu irmão se casassem.

- Nicholas e eu mais felizes casados! Você não pensa, Theresa? Esposas não podem pensar... Pessoas casadas revelam todo o seu passado uma para a outra, não é? Peter deve ter tido um passado adorável. Mas Nicholas não poderia fazer isto. Ele nunca teve um passado ideal, ao menos não em idade matrimonial. E agora menos ainda. Ele tem setenta anos. Teria de se casar com uma senhora idosa. E ela não suportaria o barulho da escola. E certamente seria abuso demais com o Sr. Merry, porque velhas senhoras sempre têm tantos pequenos desejos.

- William suspeita de algo sobre os livros? - perguntou Theresa.

- Não, nenhum deles percebeu nada. Mesmo Dickie e Nicholas, cada um pensou que era ele próprio o único malvado. Mas eles já têm muito no que pensar. E agora tenho como certo que nunca poderia me casar com o William. Porque descobri que gosto somente de pessoas malvadas e afiadas.

- Você irá contar ao seu irmão o que sabe? Ele sabe que você sabe? - perguntou Theresa.

- Não direi nada a ele. Se ele pensa que eu sei, ou suspeita que eu sei, nós não falaremos sobre isso. Então para ele será como se eu não soubesse. Nicholas é assim. E o que é adorável nele é que ele jamais pensará menos do Dickie. Ele nunca despreza baixezas. Isso porque ser baixo é perfeitamente normal para ele. Eu o apreciaria mais, e deveria mais a ele, se eu também fosse assim.

- Não, isto não é nada bom para você, querida.

- Não - disse Emily. Isto é o que estou dizendo. Não foi justo para o Nicholas.

- Você vai falar com ele sobre o Richard? Ele suspeita de algo?

- Acho que ele não é perspicaz o bastante, e estava muito absorvido com suas próprias preocupações. Nada demais. Mas claro que não contarei nada a ele. Não me diz respeito. E nem mesmo estou segura. Eu não deveria ter dito uma só palavra a você. Eu sabia que você não poderia saber. Dentre eles não há nenhum tão mal quanto eu. Sou um bom complemento para o Nicholas, se ao menos ele percebesse. Mas você não dirá uma palavra sequer, Theresa? Nenhuma que seja.

- Oh, não, querida.

- Acho que posso confiar em você - disse Emily. Sei que você não se incomoda com esse tipo de baixeza. Então por que você a revelaria?

- Que coisa extraordinária eles não terem se entregado! - disse Theresa. Tudo desabou também em um segundo. Parecia que alguma coisa estava evitando que tudo fosse revelado.

- Certamente não foi a providência - disse Emily. Ninguém pode dizer que eles mereciam esta graça. Mas você e eu certamente não merecíamos que o assunto fosse prolongado ainda mais. Nicholas estava com medo de ler uma coisa que não tinha escrito. Claro que ele não poderia ter escrito o livro de Dickie. Ele estava nos preparando para o choque que teríamos. E era natural que Dickie nos dissesse que teve de reescrever o seu livro. Toda aquela reescrita nos deixaria com uma outra impressão. Foi realmente um azar que ele não tivesse nos contado isto antes. As coisas sempre acontecem de forma tão severa com o Nicholas.

- Mas o Richard poderia ter começado a ler o livro - disse Theresa. Foi o William que por mero acaso o impediu.

- Sim - disse Emily. E se continuarmos pensando mal de Dickie sem provas... e claro que temos essa intenção... Ou talvez tenha sido providencial, e eu te disse que extraí sentimentos religiosos de tudo isto. É tão natural também, William impedir o fato de acontecer, quando era somente ele que necessitava desta prevenção! William não podia ter sido tão egoísta sozinho. Isto deve ter acontecido para convencer você de quão diferentes eu e ele somos um do outro. Coisas providenciais são tortuosas assim.

- Não consigo entender por que Richard não podia dizer que o seu livro era o antigo - disse Theresa.

- Ainda mais quando um livro está tão acima da média - disse Emily. Mas ele não sabia se era o caso. Pensou que talvez fosse somente igual ao do Nicholas, e isto nunca bastou para Dickie. Você viu o choque que ele teve ao perceber que a primeira frase era a mesma? Desejava que meu choque fosse só aquele. Então lembrou do que havia feito. Este foi o problema. Conhecendo o William, isto tornava tudo impossível.

- Não entendo por que ele desejaria crédito em dobro - disse Theresa. Não parece coisa do Richard.

- Isto é generoso da sua parte - disse Emily. Por que ele não desejaria crédito em dobro? Você não perguntaria isso se vivesse com o Nicholas. Viver com o Peter deve ser tão dignificante. Lá vêm Lydia e Peter subindo a rua. É ótimo ver Peter com uma companhia inocente de novo. Não quero encontrá-los, Theresa. Vou para casa escrever tudo isso em meu diário. Eu mantenho um diário, porque acho que tenho esse tipo de personalidade. Preciso colocar em meu testamento que ele seja destruído após a minha morte. Por medo de que alguém o leia, e publique, e finja que o tenha escrito. A menos que eu o deixe para o Nicholas, para que ele possa finalmente ter escrito um livro seu. Espero que ele viva mais do que eu. Eu poderia me suicidar, exceto que agora acredito em religião e a religião não permite isso. E eu não estou solteira por causa do Nicholas. Li em um livro que nenhuma mulher poderia amar um homem por quem ela não tenha se sacrificado. Mas há tanta falsidade nos livros. Demais, acho.

- A Emily vale por mil Lydias - disse Theresa quando o seu marido entrou no escritório sozinho.

- Você é sábia demais para falar de uma pessoa através de outra, querida. Emily é rara, claro.

- Oh, você acha isso, não, Peter?

- Sim, acho, minha querida. Acho.

Theresa olhou para o seu marido e calou-se.

Emily voltou para o seu irmão e o encontrou sentado junto à lareira, sonhador e ocioso.

- Bem, querido, então você desistiu do seu livro? - ela perguntou. Você se livrou dele?

- Sim, eu o destruí - disse Herrick, sorrindo para ela. Eu o destruí, minha Emily. Não gosto de livros, esta é a verdade. Eles me perturbam. Você sabe que o querido e velho Bumpus fez uma confissão para mim e para o Masson? Confessou que tinha se lembrado do seu velho livro, e que o trouxe à sua memória de novo, aquele que supostamente estava no túmulo do seu amigo, e que está realmente lá, e que ele fingiu que era um livro novo. Este que ele estava prestes a ler hoje à noite. O que foi destruído no quarto do velho Crabbe. E admitir isso diante de Masson e de Fletcher! Eu não poderia ter feito isso, Emily. Não acho que seja dever de um homem revelar os seus segredos.

- Também não acho - disse Emily. Devíamos sempre temer quando as pessoas vêm falar conosco. E certamente não devemos falar com as pessoas. Quer dizer, não que não tenha sido maravilhoso da parte de Dickie. Mas o que ele fez não foi suficiente para realmente incomodar alguém. Nem mesmo no pior dos casos.

- Não - disse Herrick - não causou nenhum mal considerável. Mas confesso que não ignoro prontamente um pedaço de duplicidade como aquele. Uma súbita tentação de ceder! Isto eu entendo. Acho que até a pessoa mais excepcional pode ceder.

- Pode-se sempre compreender isto - disse Emily. E um tipo mais baixo de pessoa será ainda mais propenso a isso. E todo o resto se desdobra daí. Isto exige um pouco mais de esperteza para se entender... ou, talvez, um pouco mais de experiência. Mas sei que você compreende, querido. William e Peter disseram alguma coisa?

- Nenhum dos dois falou uma palavra - disse Herrick. E não dirão nada no futuro. O assunto está encerrado para Bumpus. Bom, eu não gosto de livros, e levar o velho Bumpus a fazer isto! Querido velho Bumpus! Foi uma coisa legal da parte dele, quando era só um rapaz, e uma coisa legal ter nos contado isto agora. Ele nos disse para te dizer isto, Emily. Ele se lembrou da sua sugestão para que reescrevesse o livro. Não foi fácil para ele, acho, pedir para que te contássemos isto. Penso que ele achou mais fácil contar tudo para mim. E confesso que gosto de pensar assim.

- Eu também - disse Emily. Vocês foram bem pouco amáveis comigo. Acho que já provei que teria feito o mesmo se estivesse no lugar do Dickie. Não compreendo por que ele acharia difícil me contar.

- Querido, velho Bumpus! - disse Herrick. Meu querido, velho, talentoso, e errante amigo! Bem, bem, nós todos erramos. E esse tipo de coisa, essa ambição literária, penso, é a coisa que mais conduz os homens ao erro. Sabe, Emily, acho que a melhor realização de um homem, a coisa mais elevada e de maior importância, é sentir tolerância e amor desinteressado por um homem que pode fazer aquilo que nos é negado. Eu realmente acho. É o que sinto por Bumpus hoje à noite. O que sinto por meu amigo. Realmente é o que sinto, Emily.

- Nicholas, você é mesmo um gênio - disse Emily.

7

- Srta. Basden, venha cá e ponha um ponto final em tudo isto, sim? Mãe, você está aqui, organizando tudo, sem que ninguém pense em te ajudar. Gostaria que este jantar festivo estivesse no fundo do mar. Cuide para que ela tire um tempo para respirar, Srta. Basden, por favor.

- Sim, farei isso, Sr. Merry. Eu mesma me arrumei mais cedo para impedir tamanha injustiça - disse a Srta. Basden, que mostrava uma expressão distante, como resultado de sua toalete.

- Sim, Srta. Basden, como dependemos da senhorita! E que coisa tudo isto! Toda esta confusão e transformação para alguém que não pode ajudar a escola! Tudo isso para fingirmos que não vivemos da forma como realmente vivemos, mas em quartos diferentes, e de uma maneira diferente, como se a maneira usual não nos desse trabalho suficiente! Uma coisa de segunda categoria, como eu digo, para nos ocupar. E não é como se a Srta. Herrick não fosse entregar a verdade, de maneira que tudo isso não valerá nada... Ah! Srta. Herrick! Ah, eu não vi a senhorita. Nós estávamos só dizendo como a senhorita irá nos entregar, sabe, e falar conosco como normalmente fala, de modo que nossos convidados verão através de todas estas pequenas mudanças. Ah, Srta. Herrick, eu e você temos nossos modos de falar, não temos?

- Sim, tenho certeza de que temos o que merecemos. E é tão apropriado para você não gostar de coisas de segunda categoria. Mas temo que a sala de jantar do térreo seja isto. Acho que o Sr. Bentley também pensaria assim. Agora devemos nos encaminhar para o escritório, que será a sala de estar esta noite. Honestamente, o melhor é deixarmos isto como está.

A Srta. Basden correu através do corredor para abrir a porta para Emily, e o Sr. Merry a seguiu como se estivesse aflito demais para desempenhar ele mesmo essa função.

- Que adorável família! - disse Emily, quando os Fletchers entraram. Um tio e um sobrinho, um irmão, uma irmã e uma tia, e um marido e uma esposa, e acho que mais algumas relações, tudo em um grupo de somente quatro pessoas! Gostaria que eu e Nicholas tivéssemos alguma relação com o Sr. e a Sra. Merry, e com a Srta. Basden.

- Mas nós temos, Srta. Herrick, nós temos - disse o Sr. Merry.

- E eu serei excluído? Será muito solitário para mim - disse o Sr. Burgess.

- Sim, sim, Sr. Burgess - disse o Sr. Merry. Ora, Sr. Bentley! Como está o senhor? Como é agradável ter um dos pais de nossos rapazes aqui entre nós!

- Vamos até a lareira, Srta. Bentley - disse a Sra. Merry - e deixemos os homens conversando sobre os jornais no frio.

- Ora essa, que maneira de sua esposa falar em sua presença, Sr. Merry! - disse Delia.

- Acredito que as mulheres não deveriam falar na presença dos maridos - disse Herrick.

- Os países civilizados são tão artificiais - disse Emily. Mas você não deveria falar verdades como piadas, Nicholas. Não está certo.

- Bem, o que dizer de nós, mulheres solteiras, Srta. Herrick? - perguntou a Srta. Basden.

- Bem, acho que também não devemos falar, de maneira alguma. Acredito que deveríamos ser marcadas ao nascer, ou qualquer coisa desse tipo.

- E como saberiam no nascimento qual de nós irá permanecer solteira? - perguntou Delia.

- Muito espirituoso de sua parte - disse Emily. Embora pessoas marcadas ao nascer certamente acabariam solteiras, não é?

- Bem, antes que pudéssemos votar fomos classificadas pelo governo junto aos pobres, idiotas e crianças - disse a Srta. Basden - quer dizer, nós, as mulheres.

- E nenhuma criança bem-educada, ou um pobre miserável, ou um idiota sensato falaria na presença de pessoas - disse Bumpus.

- Vamos entrar aos pares, como na arca, para o jantar? - disse Emily. Acho que é tão útil. Como você é inteligente, Nicholas, por ter dito que todos poderiam trazer mais alguém, sem esclarecer mais nada! Mas os homens são os mais inteligentes.

- Você realmente acha, Srta. Herrick - disse Francis, enquanto se sentavam - que os homens são os mais inteligentes, quando comparados às mulheres? Acho que muitas pessoas concederiam os louros às mulheres.

- Não vou responder por minha irmã, Fletcher - disse Herrick. Mas ela irá te conduzir a regiões perigosas. Logo você estará em seu poder.

- Eu ficaria feliz, Sr. Herrick - disse Francis, inclinando-se para frente - por me achar sob o poder de qualquer mulher.

- Mas esta é uma declaração precipitada - disse o Sr. Burgess. Eu não vivi tantos anos quanto a maioria das pessoas aqui, mas não diria uma coisa dessas.

- Ah, Sr. Burgess, então o senhor já compreendeu a vida, não é? - perguntou o Sr. Merry.

- Já compreendi, Merry - disse Bumpus. Pode acreditar em mim.

- Não falemos sobre isso, Richard - disse Herrick.

- Nicholas será um anfitrião brilhante! - disse Emily. Ele não é maravilhoso?

- Como estão seus dois rapazinhos esta noite, Srta. Bentley? - perguntou o Sr. Merry. Eles estão crescendo, sabe. Não podemos nem desejamos interromper isso, mas temos de ficar de olho neles.

- Francis, ouça isto - disse Bumpus - você é possivelmente o único futuro pai nesta sala. Os garotos do Bentley estão aqui.

O Sr. Merry deu um pequeno suspiro, como se estivesse ali trabalhando, quase por hábito, e o Sr. Bentley ergueu os olhos como se não visse ocasião para falar.

- Deve ser tão legal ter uma casa cheia de meninos - disse a Srta. Lydia. Meninos e homens são a minha vida. Agora, sua mulher é uma criatura complexa. Não consigo compreendê-la muito bem. Isso é apenas para nos mostrar que todos estamos destinados a tarefas distintas.

- Me parece, Srta. Basden, que não estou no que poderia ser chamado de o lado dos escolhidos - disse Francis, com seu riso cauteloso. Eu me confesso culpado por discordar de você sobre a questão do sufrágio feminino.

- Acho que essas mudanças nas leis do divórcio contribuirão muito para equalizar a posição das mulheres - disse a Srta. Basden de forma ríspida e corando bruscamente.

- Srta. Basden - disse Francis, depois de uma pausa assustada. Eu julgaria qualquer homem indigno de ser chamado homem, se não visse as velhas leis como uma desgraça para uma nação civilizada. E como a senhorita foi corajosa de encarar tal assunto. Confesso que simpatizaria com a senhorita se preferisse não olhar mais para nenhum homem.

- Bem, eu não devo simpatizar comigo mesma. Não acho que alguém, por estar livre dos perigos do casamento, deva ignorar os problemas daqueles que não estão solteiros.

- Vocês terão a paciência posta à prova se continuarem - disse Herrick.

- Mas espero que todos sejam pacientes - disse Delia, sugerindo que aquela era uma necessidade grave.

- Não sei, Srta. Bentley - disse Francis. Temo me inclinar facilmente à impaciência.

- Bem, bem, são a mesma coisa - disse Herrick. Uma é a forma condensada da outra. Eu julgo que a paciência contém mais impaciência do que qualquer outra coisa.

- Você julga bem - disse Bumpus.

- Como você é profundo, Nicholas - disse Emily. Sempre pensei deste modo. Embora eu nunca soubesse que pensava assim. Veja como isto serve para tudo: como a tolerância, por exemplo, é só intolerância condensada, e como ela guarda mais intolerância do que qualquer outra coisa. É só uma forma de se manter a intolerância. E pense como a religião também mantém mais desamor pela religião do que qualquer outra coisa!

- Agora, tio Peter, coloque as coisas em seus devidos lugares - disse Francis.

- Bem, bem, eu penso - disse o Sr. Fletcher - que os pontos de vista simples e antigos são os corretos, que a paciência está tão longe quanto pode da impaciência, e a tolerância da intolerância, ou, numa palavra, que o bem está longe do mal. Acho que todos pensamos assim.

- Sim, acho que sim - disse Delia gravemente.

- Eu não penso assim - disse Emily. Acho que o bem é o mal condensado. Penso assim porque meu irmão disse isto. E acho que uma mulher deve pensar como os homens de sua família. Você também pensa assim, não é, Francis? Quanto a mim, é correto pensar que o bem é o mal condensado, que contem mais mal do que qualquer outra coisa, já que o meu irmão pensa assim, não é?

- Ah, Srta. Herrick - disse Francis balançando a cabeça lentamente.

- Mãe, você não está comendo? - perguntou o Sr. Merry.

- Olhe, o que é isto? - perguntou Herrick apressadamente, apontando para um broche que a Srta. Lydia usava. Que interessante! Uma linda peça de trabalho antigo! Deixe-me ver. Por gentileza, tire o broche e me dê, sim? Um trabalho de arte muito sofisticado, um valor para quem quer que o possua.

- Oh, meu broche! Sim, tenho muito carinho pelo meu broche. Meu querido broche que me foi dado por um marinheiro que voltou, tão acanhado e desajeitado, tão querido, uma coisa gentil, só para me dizer que havia pensado em mim! Oh, eu não me separaria deste broche por nada.

- Que lindo deve ser ter marinheiros e broches, e não sentir que seu leito de morte deva estar cheio de remorso! - disse Emily.

- Ah, eles são como meus filhos - disse a Srta. Lydia.

- O senhor não tem filhos, tem, Sr. Fletcher? - perguntou Delia sorrindo.

- Vivos não - disse o Sr. Fletcher. Tivemos dois filhos.

Theresa olhou intensamente para a frente.

- Sim, não há por que criar filhos quando serão mortos um por um.

- São sempre as vidas valiosas que precisam ser usadas - murmurou a Srta. Lydia. Por isso elas são tão preciosas. Ah, e como são preciosas!

O Sr. Fletcher olhou para as suas mulheres com solicitude. Ele não acreditava que outras pessoas, que não haviam passado a vida com elas, as compreendessem como ele.

- A Sra. Fletcher é muito sensível, não é? - perguntou Delia ao Francis.

- Sim, ela é sim - disse Francis. Ela é a criatura mais sensível. Meu tio tem tido bastante dificuldade com ela, para salvá-la de todo o perigo possível - Francis se apressou para contradizer o que podia ser entendido por suas palavras. Quero dizer, é uma grande responsabilidade casar-se com uma mulher boa, e perceber como ela é vulnerável às coisas.

- Mas imagino que ela tem sido uma boa esposa para ele - disse Delia.

- Srta. Bentley - disse Francis inclinando-se para diante. Ela tem sido um anjo para ele.

- Melhor, um anjo pesado - disse Theresa.

- Se suas qualidades, tia Theresa, não são possíveis nem nos anjos, temo que não podemos, exceto tio Peter, reivindicar qualquer qualidade angélica para nós - disse Francis.

- Bem, bem, se formos o melhor possível, enquanto homens e mulheres, isto já nos basta - disse o Sr. Fletcher, sugerindo que certas comparações não deveriam ser feitas.

- Tio Peter - disse Francis - agradeço a sua reprimenda. Hoje estamos predispostos a usar levianamente palavras que devem ser usadas com outro espírito. Qualquer correção quanto a isto me parece muito bem-vinda, é algo sadio.

- Eu não pensaria que fosse permitido a tantas pessoas perfeitas viverem juntas em uma única casa - disse Bumpus.

- Sim, nos foi permitido viver juntos por um longo tempo - disse a Srta. Lydia, repisando com a voz aquela possibilidade. Foi um tempo muito, muito feliz. Mas o que é bom também acaba. Precisamos lutar por estas coisas. É isso que as faz tão boas. Mas continuaremos sendo felizes. Todos temos tanto trabalho a fazer.

- Nós também continuaremos sendo felizes - disse a Srta. Basden. Também temos muitíssimo trabalho a fazer por aqui.

- Sem dúvida, Srta. Basden - disse o Sr. Merry.

- Srta. Basden, isto não é necessariamente algo do que devemos nos alegrar - disse Francis, corrigindo com o tom de voz uma possível mágoa e pudor da Srta. Basden, por ter de ganhar o próprio pão.

- Sim, sim, claro - disse Herrick. Todos sentimos isto nesta casa, tenho certeza. Ora, eu trabalho desde cedo pela manhã até tarde da noite. Nunca tiro férias. Não consigo entender por que as pessoas desejam tanto férias.

- O que o senhor tem a dizer sobre isso, Sr. Burgess? - perguntou o Sr. Merry.

- Bem, eu já esperava por isso, Sr. Merry. Já discutimos essa questão, e agora acho que nos entendemos.

O Sr. Burgess abriu a porta para as mulheres.

- O Sr. Burgess é uma ótima propaganda para a escola - disse Emily, quando elas alcançaram o escritório. Ele é tão confiante que está à beira da arrogância. Imagine uma coisa dessas para os garotos!

- Ele tem suas razões - disse a Srta. Basden.

- Você é uma mártir, Srta. Basden - disse Emily. O pior de ser uma propaganda é que ele realmente precisa ser assim.

- Falemos rapidamente sobre empregadas domésticas - disse a Sra. Merry, sorrindo. Antes que os homens venham.

- Deve ser tão terrível ser uma empregada - disse Emily. Fazer o trabalho realmente importante do mundo. Mas um tipo de trabalho tão mal pago e degradante.

- Bem, bem, isso depende das outras pessoas. E as mulheres variam tanto, são tão diferentes umas das outras - disse a Srta. Lydia.

- Bem, realmente não acho que seria uma vida tão ruim - disse Delia. Se eu pertencesse à classe trabalhadora, preferiria ser uma empregada a muitas outras coisas.

- E, contudo, você não acha que seja uma vida ruim, mesmo colocando as coisas nesses termos? Imagine ter de manter uma aparência agradável, ágil, disposta e de confiança, e não usar óculos ao servir à mesa, como se o seu olhar fizesse alguma diferença! - disse Emily colocando os óculos. Deve ser muito ruim ser tudo isso, ou qualquer coisa, exceto a primeira. E nunca encontrei pessoas com estas qualidades, exceto Peter e William. E nenhum dos dois é exatamente ágil. E não tenho certeza sobre a aparência do Peter.

Theresa riu.

- Agora, Sr. Herrick, fomos todos indelicados por não perguntar quando o seu livro será publicado - disse Francis, ao ver os homens entrarem. Um romance? Não é assim que chamam agora? Mas quando o seu livro verá o mundo? Se posso perguntar sem nos comprometer.

- Oh, bem, acho muito provável que não saia mais. Talvez eu tenha chegado à sua opinião, ou à sua opinião subentendida, a respeito dos romances - disse Herrick.

- Oh, bem, talvez eu devesse ter colocado isso de outra maneira. E o que tem minha opinião a ver com o seu livro? Mas confesso que me chocou um pouco que você dedicasse seu tempo a escrever um romance, o que qualquer senhora poderia fazer. Não digo que uma senhora pudesse ter escrito o seu livro. Enfim, espero que não me entenda mal.

- Sr. Fletcher, o senhor certamente não é cego ao fato de que as mulheres igualam ou superam os homens nas realizações literárias? - perguntou a Srta. Basden.

- Bem, Srta. Basden, confesso-me culpado por ser antiquado nessas matérias. Minha inclinação é colocar as mulheres num plano somente delas, e olhar para elas como se estivessem descendo deste lugar ao se encarregarem de coisas consideradas mais apropriadas para os homens. E isto talvez me leve a considerar que elas não façam tão bem estas coisas. Mas minha intenção era justamente o oposto de desrespeitá-las. Isso eu asseguro à senhorita.

- Oh, compreendo. É o tipo usual de desprezo que sempre há na exaltação sentimental das mulheres.

- Srta. Basden, acredite, este nunca foi o meu caso - disse Francis muito sério.

- Se Francis se casasse com a Srta. Basden - disse Emily à Theresa - a escola iria por água abaixo, justamente quando Nicholas necessita de conforto na velhice. A não ser que ele viesse morar aqui com ela.

- Ele vive sem problemas na casa dos outros - disse Theresa.

- Acho que viver com ele deixaria qualquer pessoa amarga - disse Emily.

- Suponha que Merry se tornasse amargurado! - disse Bumpus. Sua personalidade se partiria em pedaços.

- A Srta. Basden se desculpa por ser uma solteirona mais frequentemente do que é necessário - disse Emily. Claro que não quero dizer que não seja necessário, mas só até certo ponto.

- E o casamento colocaria um ponto final à autossuficiência financeira dela - disse Bumpus. E é isto o que ele não gosta nela.

- Onde está a minha esposa? - perguntou o Sr. Merry.

- Ela fugiu e nos desertou - disse Delia.

- Acho que ela subiu para descansar por uns minutinhos no quarto, Sr. Merry - disse a Srta. Basden, inclinando-se sobre o fogo.

- Ela não está bem? - perguntou Herrick em voz alta. Me perdoe, me perdoe, Srta. Basden.

- Sim, acho que está, Sr. Herrick - disse a Srta. Basden. Ela só queria alguns minutinhos para ela mesma, como faz de vez em quando.

- Mas não quando temos hóspedes! - disse Herrick com a voz ainda um pouco elevada.

- Será que ela não tem uma natureza solitária? - perguntou a Srta. Lydia, erguendo os olhos.

- Penso que devemos este café a ela - disse Masson, quando uma bandeja foi trazida, seguida pela Sra. Merry.

- William, que encantadoras primeiras palavras para se falar em um jantar - disse Bumpus. Tecer elogios a alguém!

- Estamos muito gratos a ela por isso - disse a Srta. Basden. O café é uma coisa da qual sempre me esqueço. Peço perdão por não providenciar tudo tão bem quanto a Sra. Merry.

- Às vezes gostaria que não houvesse tais coisas como comida - disse a Sra. Merry recostando-se em sua cadeira.

- Sim, Mãe - disse o Sr. Merry.

Francis olhou para a Sra. Merry com uma longa e curiosa simpatia.

- Não devemos convidar mais nossos amigos para jantar, não é, Merry? - perguntou o Sr. Herrick em voz baixa, respirando gravemente.

- Oh, Sr. Herrick! - disse o Sr. Merry, reclinando-se em sua direção. Oh, o senhor não está certo, como bem sabe. Não se o senhor nos leva ao pé da letra, quando só estamos demonstrando um pouco de simpatia pelo senhor, neste pequeno transtorno. Não, não, não é um transtorno, mas um prazer para todos nós. Sim, sim, nós todos concordamos com isso.

- Eu mesma nunca me lembro de comer - disse a Srta. Basden, num tom de voz dirigida a todos. Se me lembro, entretanto, sempre como, porque acho que podemos fazer muito mais quando estamos alimentados.

- Ah, Srta. Basden - disse o Sr. Merry com a voz tornando-se inaudível aos poucos.

- Ah, os prazeres do corpo! - disse a Srta. Lydia, com a última palavra em voz mais baixa. Ele nos foi dado para nos servir, como tantas outras coisas. Se o usarmos corretamente. Se o usarmos corretamente.

- Charles, você acabou o seu café, querido? - perguntou a Sra. Merry.

- Charles? - perguntou Masson. Oh, é o nome batismal de Merry.

- Que coisa simples e amável ele ter um nome destes! - disse Emily.

- E é um nome de rei também - disse Bumpus.

- Sra. Merry, a senhora também tem um nome, além do que já conhecemos? - perguntou o Sr. Burgess.

Os olhos da Sra. Merry se dirigiram ao Sr. Burgess.

- Sim, meu nome é Emily - disse a Sra. Merry.

- Meu terceiro nome é Emily - disse a Srta. Basden. Que penca de homônimos nós somos!

- Sim, Srta. Basden, que ótimo - disse o Sr. Merry evitando com a voz qualquer nota de depreciação.

- E se me permite a curiosidade, Srta. Basden, quais são os seus outros dois nomes? - perguntou Francis.

A Srta. Basden falou dois nomes, e houve um risinho sufocado de uma das criadas, que estava tirando a mesa.

- Mãe! - disse o Sr. Merry por hábito, lançando um olhar feroz e rapidamente desviando-o das criadas. O que vocês estavam dizendo?

- Espero que a Sra. Merry seja rápida, antes que a Srta. Basden revele um quarto nome - disse

Bumpus. Francis já está calculando qual pode ser. Ela não disse que tinha só três.

- Oh, mas isto não ficou implícito? - perguntou Emily. A criada da cozinha, que é a segunda criada no salão hoje, deve achar que são nomes demais.

- E não são? - perguntou Theresa.

- Que ótimo que estejamos todos falando sem jamais expor o que pensamos - disse Bumpus.

- Não é político dizer o que se pensa - disse a Srta. Basden.

- Não é nada fácil - disse Masson.

- Às vezes acho que o correto é sim dizer o que pensamos, quer gostemos ou não, quer seja apreciado ou não - disse Delia.

- Sim, sim, é a coisa certa a ser feita - disse a Srta. Lydia, suspirando.

- Oh, longe disso. Talvez uma ou duas vezes em toda uma vida - disse o Sr. Bentley à sua filha.

- Mais provável uma vez do que duas - disse Bumpus.

- Oh, nem todos somos homens - disse Theresa.

- Não, e se fôssemos isso seria bastante estranho - disse a Srta. Basden.

- Sim - disse Bumpus. E neste caso precisaríamos só de dois auxiliares de professores, no seu lugar e no de Burgess.

- Oh, Sr. Bumpus! - disse a Srta. Basden.

- Bem, e duas professoras auxiliares funcionariam melhor do que nós dois? - perguntou o Sr. Burgess, sentindo que não precisava se refrear neste caso. Ou o preconceito é a única coisa que importa nesta escola?

- Não, não, Sr. Burgess. Vamos, o senhor sabe que não é nada disso - disse o Sr. Merry. O senhor não seria tolo de pensar isso. Quero dizer... o que eu quero dizer, Sr. Burgess, é que se não precisássemos ter um homem no corpo administrativo, também estaríamos felizes por ter o senhor conosco, o senhor sabe. Isto é o que eu queria dizer, Sr. Burgess.

- Eu também quis dizer isso - disse Bumpus.

- Oh, bem, Sr. Merry, o senhor é muito gentil. Mas não me parece que o senhor teria sido tão generoso comigo se por acaso eu não fosse homem.

O Sr. Burgess notou a expressão da Srta. Basden e voltou a ficar em paz.

- Eu imagino que todos vocês sejam grandes leitores, Fletcher - disse Herrick. A senhorita, Srta. Fletcher, tem grande estima por livros?

- Oh, meus livros! Sim, gosto muito dos meus livros - disse a Srta. Lydia. Meus queridos livros, sempre guardados com carinho. Eu os adoro! Fico muito exaltada quando encontro uma nova companhia para eles. Sim, eu cuido muito bem dos meus livros.

- Você prefere algum tipo em particular? - perguntou Herrick.

- Sim - disse a Srta. Lydia, erguendo os olhos sem levantar a cabeça. História! Quase todos os meus livros são históricos, ou, se não são históricos, são biográficos. Devo dizer que não leio um romance há trinta anos.

- E o senhor, Sr. Fletcher, que tipo de livros o senhor aprecia? - perguntou Delia a Francis.

- Srta. Bentley, o livro que mais leio, e estou grato por dizer isto, é o Antigo Testamento. Minha vida é feita principalmente daquilo que podemos chamar de as coisas sórdidas do mundo. Mas tenho este grande privilégio.

- Sim, sim, podemos todos aproveitar aquele livro. É um livro muito bom! - disse Herrick.

- Srta. Basden, e você? - perguntou Emily. Somente a Bíblia ou algo mais?

- Bem, leio um bocado de autores franceses, Srta. Herrick. Não sei a razão, mas sempre gosto dos livros muito mais se estão escritos em francês. De alguma forma me sinto mais em casa naquela língua. Muito raramente leio um livro em inglês.

- Isso deve ser maravilhoso e educativo para os meninos. Mas que tipo de livros você lê?

- Oh, todos os tipos. Realmente não me importo, contanto que estejam escritos em francês. Se não em francês, em italiano ou alemão. O que não gosto de ler são livros em inglês.

- Bem, Srta. Basden, muitos poucos de nós podemos dizer isso - disse Francis.

- Creio que o livro que mais leio é mesmo a Bíblia - disse Delia.

- É uma sorte que não vivemos no tempo quando as Bíblias ficavam acorrentadas às igrejas - disse Bumpus. Teria sido muito solitário.

- Bem, mas é muito bom ler a Bíblia - disse Francis.

- Claro, é o mais belo dos livros - disse Emily. E agora que somos modernos e lemos somente perversidades, é ainda melhor termos a Bíblia fora das correntes, não é? Ou talvez devêssemos voltar a acorrentá-la...

- Ah, a senhorita tenta nos confundir, Srta. Herrick - disse Francis mal controlando o riso.

- Há muitos alertas na Bíblia para nós - disse a Srta. Lydia.

- Em todas as descrições - disse Francis, controlando-se firmemente e achando inspirador o esforço - nos são expostos tanto o terrível como o belo. Certamente não nos dão apenas um lado dos ensinamentos.

- Sou um dos maiores leitores vivos - disse Herrick. Li toda a literatura europeia moderna, um enorme punhado de livros. E li tanta literatura medieval quanto qualquer homem vivo. E sei o meu grego e o meu latim também. Eles nos eram ensinados muito bem quando eu era garoto.

- Você não precisa inferir que são mal ensinados hoje em dia - disse Bumpus.

- O que você costuma ler, Sr. Masson? - perguntou a Sra. Merry.

- Quase nada fora de minha especialidade, Sra. Merry. Mas a Srta. Austen é a romancista que mais leio.

- O que o senhor acha dos livros dela, Sr. Fletcher? - perguntou Delia para Francis.

- Temo, Srta. Bentley, que livros escritos por senhoras para senhoras não me são de grande utilidade, se posso me expressar assim, embora ouse dizer que devesse ser mais generoso para com eles.

- Oh, não, você não deveria. Não poderia ser - disse Bumpus.

- É exatamente o contrário - disse Masson.

- Pessoalmente não consigo desculpar a insignificância nos seus livros - disse a Srta. Basden.

- Ah, não somos insignificantes o suficiente, não somos - disse a Srta. Lydia.

- Os melhores bens são criados de uma maneira própria - disse o Sr. Fletcher, sorrindo.

- Minha grande mágoa é Jane Austen ter morrido tão jovem - disse Masson.

- E costumava-se pensar que aos quarenta anos já não se era mais tão jovem assim - disse Herrick.

- Nunca penso em minha idade - disse a Srta. Basden.

- Ah, mas estamos progredindo - respirou a Srta. Lydia - simplesmente progredindo.

- Em direção ao que pode ser, para todos nós, uma conclusão feita na medida - disse Theresa.

- Alguém que não se suicida é realmente um herói - disse o Sr. Burgess.

- Ora, Sr. Burgess, nada deste tipo de conversa com os garotos - disse o Sr. Merry.

- Oh, raramente converso com os garotos, Sr. Merry.

- Espero que ninguém tenha me visto conversando com os estudantes - disse Bumpus.

- Ninguém. Não se gabe, Dickie - disse Emily.

- Precisamos ir - disse Theresa.

- Nós também - disse Delia. Já estamos bastante envergonhados por termos abusado da hospitalidade de todos, não é, Pai?

- Foi prazeroso demais para sentirmos vergonha por termos exagerado assim - disse o Sr. Bentley, com a voz falhando de forma pouco familiar.

- Obrigada por terem vindo e nos aguentado - disse Emily. Significam muito para nós esses lampejos de vida familiar. Vocês sabem que meu irmão e eu somos órfãos.

- E eu sou um meio órfão - disse o Sr. Burgess. Por isso tudo, foi uma noite muito apropriada.

- Agora, veja bem, Sr. Burgess - disse o Sr. Merry, em voz baixa - não há necessidade de você se levantar e se despedir de todo mundo, não é? Você pode somente ir fumar um pouco, não?

- Adeus, Sr. Fletcher - o Sr. Merry tomou para si os deveres de anfitrião. Não há mais prêmios para você distribuir. Os garotos gostam de trabalhar pelas recompensas, e que Deus os abençoe. E Sr. Bentley. Ah, os seus dois garotos! Não vou dizer agora o que pensamos deles, pois devemos reservar isto para um dia quando precisarmos de mais alegrias.

O Sr. Merry voltou para a sala de estar esfregando as mãos e olhando ao redor com carinho, como se aproveitasse até o fim parte dos sentimentos que dedicara a seus convidados.

- Bem, amanhã precisamos começar o trabalho com energia - disse a Srta. Basden.

- Sim, Srta. Basden - disse o Sr. Merry. Não que lhe falte esta disposição.

- Bem, e se não é uma oportunidade para você me dar uma última estocada, Sr. Merry? - perguntou o Sr. Burgess voltando para a sala.

- Oh, Sr. Burgess! Dar uma estocada no senhor! Ora, o senhor se esforça para não me compreender, a menos que goste de ser tratado como se tivesse setenta anos. Boa noite, Srta. Herrick. E Sr. Herrick. Sim, Sr. Burgess. O senhor virá conosco? Que grande prazer para todos nós. Nenhum aborrecimento. Quero dizer, que prazer para um pequeno jantar, não?

O Sr. Merry apressou-se atrás de sua esposa, como se temesse mudar a impressão que causara na noite.

- Bem, não tenho muito do que me gabar - disse Herrick, sentando-se junto ao fogo. Setenta anos de idade, e nada diante de mim, e nada também atrás para eu contar! Ora, quase sinto inveja de Merry, por ter somente cinquenta anos e não desejar nada além do que já tem.

- Você não deveria falar em "quase invejar" o Sr. Merry, como se ele pertencesse a outro tipo de pessoa - disse Emily. E não sei quanto a ele não desejar nada além do que já tem. Mas sim, não acho que ele deseje muito mais. E cinquenta anos não é uma idade tão boa assim. Não é nada para se gabar! Já você tem setenta anos de vida sadia para trás, quando a maioria das pessoas perigam ter muito menos! E toda a vida à sua frente que as pessoas de setenta sempre têm.

- Sim, sim, Emily. Ouso dizer que ainda tenho um pouco de tempo. Tempo suficiente para fazer alguma coisa. Algumas vezes acontece que o fim da vida de um homem se torna um resumo dele mesmo. Não é um grande problema ser uma exceção à regra. De certa forma, as exceções são mais dignas de interesse. E não creio que eu tenha sempre seguido o caminho mais comum.

- Não, tenho certeza de que não. Teria sido terrível da sua parte.

Ivy Compton-Burnett (1884-1969) se formou em Letras Clássicas na universidade de Londres em 1902. Autora de 20 romances, Compton-Burnett foi uma das mais inovadoras escritoras do século XX inglês. Com um estilo próprio que enfatizava o diálogo direto entre suas personagens, sem a mediação de um narrador, Compton-Burnett escreveu sobre a vida familiar e a repressão vitoriana dentro das famílias no final do século XIX e início do século XX. Publicou, entre outros, *Irmãos e irmãs* (1927), *Filhos e Filhas* (1937), *Empregados e Empregadas* (1947) e *O presente e o passado* (1957). *Párocos e mestres* (1925) é o seu segundo romance e o primeiro traduzido no Brasil.

Vilma Arêas é autora, entre outros, dos livros *Aos trancos e relâmpagos* (1988, prêmio Jabuti), *A terceira perna* (1992, prêmio Jabuti), *Trouxa frouxa* (2000, prêmio da União brasileira dos escritores) e *Um beijo por mês* (2019, prêmio Jabuti). Traduziu, para as Edições Jabuticaba, o livro *O método Albertine*, de Anne Carson.

Marcelo F. Lotufo é professor universitário, tradutor e escritor. *Cada um a seu modo*, seu primeiro livro, foi finalista do prêmio Jabuti 2021. Traduziu, para as Edições Jabuticaba, as poetas Adrienne Rich e Rosmarie Waldrop, o poeta John Yau e a contista Carolina Tobar.

9 786500 652895

Este livro foi impresso na gráfica Eskenazi, em papel pólen natural 80 g/m² (miolo) e cartão 250g/m² (capa) e composto em Garamond